SVLTO

Die Erzählungen zeigen Moravia als legitimen Nachfahr der italienischen Renaissance-Novellisten: Was zählt, ist die Liebe. Wie gewinnt man sie, wie verteidigt man sie, wie geht sie verloren?

Oder die Paare? Wie und wodurch werden sie ein Paar? Durch Blicke, Reden, Arbeit, ein gemeinsames Bad oder ein gemeinsames Bett? Und wie verhalten sich dabei, ach, die Frauen?

Auf wenigen Seiten vermag Moravia Schicksale zu erzählen, drastisch, und dennoch lebendig, unsentimental, fast heiter. Ein Erzähler, der nicht nur als Mann, sondern auch als Frau auftritt und jedesmal förmlich in seinen Figuren verschwindet – ein Voyeur von innen.

*»Moravia vergißt keinen Augenblick lang, daß ein Erzähler erzählen muß, immer weiter erzählen, daß er seinen Leser an der Gurgel packen muß, damit ihm die Lust am Abenteuer des Lesens nicht vergeht.«* *Enzo Siciliano*

# Alberto Moravia
# *Ach, die Frauen*

Die schönsten Erzählungen
Ausgewählt von Klaus Wagenbach

Verlag Klaus Wagenbach Berlin

*Inhalt*

# *Der Tisch aus Birnbaum*

Die reichen Herrschaften machen Reisen, und vielleicht fahren sie nach Amerika, und wenn sie dann nach zwanzig Jahren dorthin zurückkehren und die Wolkenkratzer wiedersehen, sind sie tief bewegt bei dem Gedanken, daß sie schon da standen, als sie selbst zwanzig Jahre jünger waren. Die Armen dagegen rühren sich nicht vom Fleck, und es ist schon ein kleines Wunder, wenn sie nach Ostia zum Baden fahren oder im Oktober Ausflüge nach Bracciano machen. Doch in ihrer kleinen Welt haben die Armen trotzdem dieselben Gefühle wie die reichen Herrschaften. Ich bin nie aus Rom herausgekommen, in Rom jedoch, da bin ich viel herumgekommen. Als Kind wohnte ich außerhalb der Porta San Pancrazio, auf einem Hof, zu dem ein Gemüsegarten gehörte, denn mein Großvater war Gemüsehändler. Dann ging die Familie auseinander, und ich zog in die Via Mario dei Fiori, über die Kunsttischlerei, in der ich arbeitete. Kaum hatte ich durch meine Arbeit als Kunsttischler etwas Geld zusammengespart, zog ich in die Via della Pace, hinter der Piazza Navona, in eine Loggia ganz oben in einem alten, hochherrschaftlichen Haus. Diese Loggia hatte acht Fenster, durch die ständig der Wind pfiff. Um zu ihr hinaufzugelangen, mußte man zuerst eine prächtige Freitreppe hinaufgehen, dann eine normale Treppe hinaufsteigen und schließlich eine eiserne Wendeltreppe. Doch man hatte aus all diesen Fenstern eine herrliche Sicht auf die Dächer, die Kuppeln, die Glockentürme und den Himmel von Rom. Kurz nachdem ich in diese Loggia eingezogen war, zog Giacomina zu mir, ein Mädchen, das als Büglerin arbeitete, und mit ihr verbrachte ich dort fünf Jahre, die einzigen schönen Jahre meines Lebens. Damals wußte ich nicht, daß dies meine schönsten Jahre waren; so etwas weiß man immer erst hinterher.

In jenen schönen Jahren also verging sozusagen kein Tag, an dem Giacomina und ich nicht miteinander gestritten hätten. Ich weiß auch nicht, wie es kam, doch unter irgendeinem Vorwand fingen wir an zu diskutieren, ich sagte etwas, sie widersprach mir, und dann gingen ihr die Argumente aus, und sie beschimpfte mich, nannte mich einen Trottel, einen Flegel, vielleicht sogar einen Dreckskerl; und ich blieb ihr die entsprechende Antwort nicht schuldig und beschimpfte sie, nannte sie blöde Kuh, altes Waschweib und vielleicht sogar Schlampe. Den Worten folgten oft Taten. Bei einer Beleidigung von ihr, die gemeiner war als die anderen und die sich auf meine Familie oder meinen Beruf bezog, platzte mir der Kragen, ich ging auf sie los, packte sie an ihren dichten, krausen Haaren und versuchte sie zu ohrfeigen. Sie versuchte ihrerseits, mich gegen das Schienbein und in den Bauch zu treten und mich zu kratzen. Außer Atem ließen wir voneinander ab, und wenn sie wirklich nicht mehr konnte, fing sie zu weinen an; wenn sie sich jedoch noch nicht vollständig verausgabt hatte, rannte sie hinaus, knallte die Tür zu und schrie, sie würde nie mehr zurückkommen. Doch sie kam zurück; oder besser, ich begegnete ihr wie zufällig im Viertel, ging auf sie zu, ein Wort ergab das andere, ein Versprechen führte zum nächsten, und schließlich willigte sie ein, mit mir in eine Osteria essen zu gehen. Dort wurden wir beim Wein wieder warm miteinander und stellten fest, daß wir uns liebten. Dann gingen wir nach Hause, ich legte meinen Arm um ihre Taille, sie tat dasselbe, und engumschlungen stiegen wir jene hundert Stufen hinauf, blieben auf jeder Stufe stehen, um uns zu küssen, und sie sagte, am liebsten würde sie mich mit ihren Küssen auffressen, und ich antwortete ihr, das würde ich auch am liebsten tun. Ach, wie sehr liebten wir uns damals und wußten es nicht.

Uns war es so wenig bewußt, daß ich überzeugt war, sie nicht zu lieben, ja sie sogar zu hassen, und ich blieb nur bei ihr, um mich gleichsam zu bestrafen, und versuchte sie zu meiden, sooft ich konnte. Dumm wie ich war, zog ich ihrer Gesellschaft alles andere vor: die Freunde, die gar keine waren, sondern nichts als Osteriabekanntschaften, die Arbeit, wegen der ich manchmal länger als nötig in der Werkstatt blieb, nur um möglichst spät wieder bei ihr zu sein, und vielleicht sogar die Einsamkeit. Ich dachte, ich hätte eine Kette am Fuß, und merkte nicht, daß ich diese Kette brauchte, und als ich es entdeckte, war es bereits zu spät. Den Kollegen in der Werkstatt oder den Kumpanen in der Osteria gegenüber sprach ich schlecht über sie, abfällig und unwirsch: Ich nannte sie eine Nervensäge, eine Plage, und behauptete, sie habe den bösen Blick. Wenn ich in der Loggia auf sie wartete und ihren Schritt auf der Treppe hörte, sagte ich mir: »Hört diese Strafe denn nie auf? Da kommt sie schon wieder ... Ich kann einfach nicht mehr.« Und dumm wie ich war, merkte ich nicht, daß ich sie liebte, sie brachte mich um den Verstand, und ich konnte ohne sie nicht leben. Natürlich war sie genauso dumm wie ich, und die Gemeinheiten, die ich ihr zufügte, fügte sie mir zu, und sie wurde ebenfalls nicht müde zu wiederholen, ich sei ihr Unglück und verflucht sei der Tag, an dem sie mir begegnet sei, und sie würde sich lieber mit einem Stein um den Hals in den Tiber stürzen, als auch nur einen Tag länger bei mir zu bleiben. Und so versuchten wir mehr als einmal, uns gegenseitig zu betrügen: Ich sie mit dem Hausmädchen der Wohnung drunter, einer zimperlichen Blondine, und Giacomina bedrohte sie mit einer langen Stricknadel, als sie ihr auf der Treppe begegnete, und sagte zu ihr, wenn sie mich nicht in Ruhe ließe, würde sie sie umbringen, so daß das Mädchen mich aus lauter Angst nicht mehr sehen wollte. Giacomina, glaube ich, betrog mich ihrerseits mit dem Barmann von der Piazza Navona, es war wohl ohne Bedeutung, aber ich litt unbeschreiblich darunter, so sehr, daß ich nicht mehr essen und nicht mehr schlafen konnte, bis sie eines Tages die Treppen heraufgerannt kam, sich mir in die Arme warf und voller Leidenschaft zu mir sagte: »Du bist der Beste von allen, und ich werde niemals einen anderen als dich lieben.« Ach ja, wir liebten uns wirklich, und je mehr wir uns liebten, desto weniger wußten wir es.

Es ging sogar so weit, daß wir uns so prügelten, daß Giacomina zwei Wochen lang ein blaues Auge hatte, schwarz und grün angelaufen, und sagte, sie schäme sich, damit auf die Straße zu gehen; und ich hatte drei tiefe Kratzer vom Auge bis zum Hals, und als ich in der Werkstatt behauptete, das sei die Katze gewesen, lachten mich alle aus. An jenem Tag hatten wir uns geprügelt; doch ein anderes Mal hätte nicht viel gefehlt, und ich hätte sie umgebracht: Ich packte sie am Hals und begann zuzudrücken, und sie wurde ohnmächtig; zuvor hatte sie mir allerdings mit einem Bügeleisen auf den Kopf geschlagen und eine empfindliche Stelle oberhalb der Schläfe getroffen, so daß ich blutete und beinahe selbst ohnmächtig geworden wäre. Ich mußte mich in der Notaufnahme von San Giacomo verarzten lassen, und wer den Schaden hat, braucht für den Spott nicht zu sorgen, denn am nächsten Morgen stand folgende Nachricht in der Zeitung: »Infolge übermäßiger Zecherei wurde der Tischler Luigi Proietti handgreiflich gegen seine Geliebte Giacomina Girolini. Proietti zog den kürzeren. Ergebnis: acht Tage Bettruhe, falls keine Komplikationen eintreten.«

Kurz und gut, eine Liebe wie die unsere hat die Welt noch nicht gesehen; und, wie gesagt, wir wußten es nicht. Sie möchten jetzt vermutlich wissen, wie diese große Liebe zu Ende ging? Sie endete so: Eines Tages, als wir uns an der Piazza Navona verabredet hatten, ließ sie mich eine gute halbe Stunde warten. Als sie endlich kam, sagte ich gereizt zu ihr: »He, was ist denn das für ein Benehmen? Du hast mich fast eine Stunde warten lassen.« Sie erwiderte: »Ich hatte zu tun ... ob dir das nun paßt oder nicht.« Ich sagte: »Es paßt mir ganz und gar nicht.« »Wenn es dir nicht paßt«, sagte sie, »dann addio ... Du wirst nie wieder auf mich warten müssen«; und weg war sie. Fünf Jahre waren wir zusammengewesen, und das war das letzte Mal, daß ich sie sah. Aus Trotz gab keiner von uns beiden ein Lebenszeichen, die Tage vergingen, ich litt, sie litt sicher ebenfalls, aber keiner von uns beiden wollte diesmal den ersten Schritt machen. Als ich eines Tages ihre Schritte auf der Treppe zu hören glaubte, überkam mich zuerst eine große Hoffnung und dann tiefer Schmerz, als sich herausstellte, daß es der Briefträger war; und dann kam es mir so vor, als fühlte ich gar nichts mehr, aber da täuschte ich mich. Zufällig wollte damals der Hausbesitzer seine Loggia wiederhaben, und so verließ ich das Viertel und kehrte in mein altes Zimmer in der Via Mario dei Fiori zurück. Vielleicht wäre ich ihr ja, wäre ich in der Via della Pace geblieben, begegnet, und wir hätten uns wieder versöhnt. Doch dieser Wohnungswechsel war mein Verhängnis. Ich stürzte mich in die Arbeit und versuchte, nicht an sie zu denken, und dann begegnete ich dieser Hexe, die meine Frau wurde, und damit war alles aus. Ich war jetzt dreiunddreißig.

Mit dreiunddreißig ist der Mensch noch jung, und er glaubt, das ganze Leben läge noch vor ihm. Ich liebte meine Frau nicht, im Gegenteil, schon sehr bald konnte ich sie nicht mehr ertragen, ich tröstete mich jedoch bei dem Gedanken: »Ich bin dreiunddreißig ... Wer weiß, wie vielen Giacominas ich noch begegnen werde.« Doch ich täuschte mich, nicht einer einzigen begegnete ich, und vereinnahmt von meiner Frau, für die ich nichts empfand, den beiden Kindern, für die ich zu sorgen hatte, und von meinem Beruf, der mir keine freie Minute ließ, vergingen die Jahre eines nach dem anderen, ohne daß ich es recht bemerkte, zuerst im Schritt, dann im Trab und schließlich im Galopp. Die Jahre gingen dahin, wie Jahre eben dahinzugehen pflegen: in Tagen, Wochen, Monaten, Jahreszeiten; und immer gab es etwas, das meine Zeit in Anspruch nahm und mich hoffen oder verzweifeln ließ, was weiß ich, eines der Kinder, das krank wurde, Schulden, eine wichtige Arbeit, ein Fest, eine Hitzeperiode, eine Kälteperiode, ich meine, es gab immer etwas, das mich in die Zukunft schauen ließ, wenn auch nicht sehr weit, sagen wir, drei Monate, und so zogen sich jene drei Monate mühsam dahin, aber viermal drei Monate sind ein Jahr, und so gingen zwölf Jahre ins Land.

Mit dieser Methode, dem Esel eine Karotte vor die Nase zu halten, hatte ich das Gefühl vorwärtszukommen und bemerkte nicht, daß ich in Wahrheit rückwärts schritt, denn das Leben ist wie ein Berg, bis zu einem bestimmten Punkt geht man hinauf, und dann fängt man an, abwärts zu gehen. Ich dachte allerdings immer noch an Giacomina, weniger an sie persönlich als vielmehr an eine Frau wie sie, die den Lauf der Jahre mit einer Liebe für mich anhalten würde, die so wahr und stark sein würde, wie Giacominas Liebe es gewesen war, und ich hoffte stets, ich würde diese Liebe finden, doch ich fand sie nicht. Schließlich ertrug ich es nicht mehr und trennte mich von meiner Frau, ließ ihr die Kinder und lebte allein bei einem Steinmetz, der mir ein Zimmer in der Nähe des Pantheons vermietete. Ich war jetzt über fünfundvierzig, und an dem Tag, an dem ich umzog, betrachtete ich mich im Spiegel, den ich zum Rasieren aufgehängt hatte, und blickte in ein müdes und trauriges Gesicht; und da wußte ich, daß die schöne Zeit unwiederbringlich vorbei war und daß Giacomina nicht mehr zurückkommen würde. Da setzte ich mich auf einen Stuhl in der Ecke, schlug die Hände vors Gesicht und weinte etwa zehn Minuten bei dem Gedanken, daß ich nach soviel Arbeit und nach all den Umzügen, die ich hinter mir hatte, wieder zum Ausgangspunkt zurückgekehrt war.

Eines Tages sagte der Inhaber der Werkstatt zu mir, ich solle einen Auftrag entgegennehmen, und gab mir einen Zettel mit Name und Adresse des Kunden; ich nahm den Zettel, steckte Metermaß und Notizbuch in die Tasche und ging. Erst auf der Straße blickte ich auf den Zettel: Es war die Nummer des Hauses in der Via della Pace, in dem ich gewohnt hatte, und ich sah auch, daß draufstand: Dachwohnung, also die Loggia. Ich gebe zu, mein erster Gedanke war, umzukehren und den Chef zu bitten, einen anderen zu schicken; doch dann sagte ich mir, das sei ein Zeichen von Schwäche, und machte mich auf den Weg.

Es war später Nachmittag, im Mai: genau die Zeit, zu der ich nach der Arbeit immer Giacomina am Brunnen in der Mitte der Piazza Navona getroffen hatte. Und wie damals rannten eine Menge Kinder auf dem Platz herum und spielten Fangen; und die Mütter und Schwestern genossen die Kühle auf den Bänken; und wie die Kinder auf dem Platz flogen am Himmel die Schwalben hintereinander her, von Dach zu Dach und um den Obelisken herum. Wie damals spürte ich, wie mir die Knie weich wurden und mir fast die Luft wegblieb, je mehr ich mich der Via della Pace näherte; so stark war die Macht der Gewohnheit, daß sie sich auch nach so vielen Jahren noch bemerkbar machte; diesmal wartete Giacomina ja nicht auf mich, und ich wohnte nicht mehr dort oben in der Loggia.

Ganz langsam stieg ich die Treppen hinauf und hatte dabei das Gefühl, nicht fünfundvierzig, sondern achtzig zu sein, so schwach fühlte ich mich auf den Beinen und so lustlos stieg ich hinauf. Zuerst ging ich die prächtige Freitreppe hinauf, dann über die normale Treppe zwei weitere Stockwerke nach oben, und schließlich erklomm ich die eiserne Wendeltreppe. Früher war ich diese Treppen sozusagen hinaufgeflogen; jetzt blieb ich auf jeder Stufe stehen und dachte, daß ich nicht wegen Giacomina, sondern wegen eines Holztisches hinaufging. Vor der Tür blieb ich einen Augenblick stehen, um zu verschnaufen; und ich glaubte streitende Stimmen in der Loggia zu hören. Dann läutete ich und wartete eine ganze Weile. Ich wollte gerade von neuem läuten, da wurde die Tür stürmisch aufgerissen, und ein Mädchen in einer grünen Cordsamthose und schwarzem Hemd tauchte vor mir auf, mit dunklen zerzausten Haaren, blaß und, wie mir schien, äußerst verärgert. Unfreundlich fragte sie, wer ich sei und was ich wolle; kaum hatte ich es gesagt, wandte sie mir den Rücken zu, ging fort und rief: »Der Tischler ist da.«

Ich trat ein und sah die Loggia, die mir so vertraut war. Die Fenster standen alle weit offen, und ich erkannte die Kuppeln, die Dächer und die Glockentürme, auf die ich so viele Jahre geblickt hatte. Die Möbel waren allerdings nicht mehr dieselben: Die Loggia war in ein Atelier verwandelt worden, in ein luxuriöses Atelier allerdings, wie ich an den Teppichen, am Sofa und an anderen schönen Möbelstücken erkannte. Im hinteren Teil des Raumes, neben der Badezimmertür, stand eine Staffelei mit einem Bild darauf; eine Menge weiterer Bilder lehnten an den Wänden. Der Maler stand in der Mitte des Zimmers und sah mich mit Basiliskenaugen an: Auch er war jung, dunkelhaarig und gekleidet wie das Mädchen, mit Cordsamthose und Hemd. Hastig sagte er: »Sie kommen wegen des Tisches? ... Das hier ist der Tisch, den Sie machen sollen ...«

Er gab mir eine Seite, die aus einer ausländischen Zeitschrift herausgerissen war: Es handelte sich um einen Tisch in englischem Stil, Chippendale, den man auf beiden Seiten herunterklappen kann. Als ich fragte: »Aus welchem Holz soll er denn sein ... Mahagoni? ... Oder ein schönes helles Holz; zum Beispiel Birnbaum?«, bemerkte ich, daß ein geöffneter Koffer auf dem Sofa lag und daß das Mädchen zum

Schrank und wieder zurück ging und packte. Der junge Mann erwiderte: »Mahagoni … oder Birnbaum … auf jeden Fall ein gutes Holz«; doch er beobachtete das Mädchen, und es war ihm deutlich anzumerken, daß seine Gedanken ganz woanders waren. Gereizt sagte er: »Hör endlich auf mit dem Theater … Räum die Sachen wieder ein!«

»Das ist kein Theater … ich gehe.«

»Du weißt doch ganz genau, daß du nicht gehst … Wozu also das ganze Theater?«

»Du wirst gleich merken, daß es kein Theater ist.«

Während sie dies sagte, fuhr sie fort, ihre Sachen kunterbunt durcheinander in den Koffer zu werfen. Ich tat so, als würde ich mich in die Zeichnung des Tisches vertiefen, holte Notizbuch und Bleistift aus der Tasche und fing an, eine Profilskizze des Möbelstücks anzufertigen. Der junge Mann ging unterdessen auf und ab; dann blieb er stehen, nahm ein Messer, wie man es benutzt, um Farben von der Leinwand abzuschaben, und zerstach wütend die Leinwand, die auf der Staffelei stand. Dann warf er mit einem Fußtritt Staffelei und Leinwand um. Sie sagte hinterhältig: »Wer macht denn jetzt Theater? Aber bild dir nichts ein … Ein Meisterwerk hast du nicht zerstört.«

Ich bemerkte, daß auch sie, genau wie Giacomina, beleidigte, indem sie Anspielungen auf den Beruf machte. Ich arbeitete weiter an meiner Skizze: Die Beine des Tisches waren unter der Tischplatte verschiebbar, so daß sie die Seitenteile stützten, wenn der Tisch aufgeklappt war. Es gab kein Metall, alles war aus Holz. Die Beine waren rund und leicht spindelförmig, mit nach außen gedrehten Füßen. Sie sagte: »Statt deine Wut an deinen Bildern auszulassen, solltest du mir lieber helfen, den Koffer zuzumachen.«

Er ging zu ihr hin, als wollte er ihr helfen, und dann packte er mit einem Mal den Koffer mit beiden Händen und schleuderte ihn in die Mitte des Zimmers, wobei er schrie: »Da hast du meine Hilfe.«

Sämtliche Kleider waren jetzt über den Boden verstreut. Ruhig sagte sie: »Und jetzt hebst du sie wieder auf.«

»Den Teufel werde ich tun.«

»Hören Sie, Meister«, bat sie mich honigsüß, »heben Sie doch bitte meine Sachen auf … seien Sie so nett.«

»Fassen Sie ja nichts an«, brüllte er außer sich, »wenn Sie nicht wollen, daß ich Sie die Treppe hinunterwerfe.«

Was hätte wohl ein anderer an meiner Stelle getan? Er hätte ihn in hohem Bogen aus dem Fenster geworfen. Doch ich empfand Mitleid mit ihm, ja mehr noch, ich beneidete ihn. Das waren genau die gleichen Szenen, die sich vor zwölf Jahren am selben Ort zwischen Giacomina und mir abgespielt hatten. Und es war Liebe; und genau wie wir bemerkten sie es nicht; und wenn sie es endlich merken würden, wäre es zu spät. Ruhig erwiderte ich: »Ich bin wegen des Tisches hier … Sagen Sie mir, aus welchem Holz Sie ihn haben wollen, und ich verschwinde.«

Sie schrie: »Ja … laß dir den Tisch nur machen … Du wirst allein an ihm sitzen … darauf kannst du dich verlassen«; und plötzlich warf sie sich schluchzend auf das Sofa und verbarg den Kopf zwischen den Armen. Darauf tat er, was ich auch immer getan hatte: Er setzte sich neben sie, nahm sie in die Arme und redete ihr zu: »Na komm, Nella … sei wieder gut.« Dabei wandte er sich zu mir und sagte: »Ja, machen wir ihn aus Mahagoni … das wird gut aussehen.«

Bevor ich ging, sagte ich noch: »Die Maße werden wohl ein Meter fünfzig mal siebzig sein … oder wollen Sie ihn größer? … Ein Meter fünfzig mal siebzig, das wäre ein Tisch für sechs Personen.«

»Gut … ein Meter fünfzig mal siebzig«, sagte er; währenddessen versuchte er das Mädchen zu beruhigen, das jedoch auf jede Zärtlichkeit und jedes Wort von ihm nur mit einem Achselzucken reagierte. Ich wollte gerade hinausgehen, als sie unter dem Arm hervor, immer noch weinend, aber herrisch rief: »Ich will ihn aber nicht aus Mahagoni … ich will ihn aus Birnbaum.«

## *Das kreisrunde Monstrum*

Zwanzig Jahre ist es her, daß ich Platon las. Damals war ich Studentin und bereitete mich auf die medizinische Doktorprüfung vor. Aus dieser Lektüre habe ich mir vor allem die Legende vom Zwitterwesen gemerkt. Danach war der Mensch ursprünglich eine kreisrunde Kreatur mit zwei Köpfen, vier Armen, vier Beinen, zwei Gesäßen und zweierlei Geschlecht. Zeus aber war die Lebenskraft dieses unheimlichen Geschöpfes nicht geheuer, deshalb beschloß er, es zu schwächen: Er zerschnitt es in zwei gleiche Teile, genauso, sagt Platon, wie man ein hartgekochtes Ei mit einem Haar scharf durchteilt. Seither irren diese zweierlei Hälften, die weibliche und die männliche, ruhelos durch die Welt, sehnsüchtig suchend nach der Hälfte anderen Geschlechts, die sie ergänzt und mit der vereint sie wieder die ursprüngliche kreisrunde Kreatur bilden könnten.

Warum ist gerade diese Legende mir so in Erinnerung geblieben? Wohl darum, weil sie für mich nicht bloß Dichtung, sondern Wirklichkeit ist. Trotz Beruf und Bildungsstand, Kenntnissen und Erkenntnissen verzehre ich mich in sehnsuchtsvollem Suchen nach meiner männlichen anderen Hälfte. Dies beständige besessene Suchen verführt mich zu allerhand Verrücktheiten. So wie eben jetzt, als ich mich die vielen Stufen eines hohen Mietshauses hinaufmühe, um einen gewissen Mario wiederzufinden. Als ich vor etwa zehn Tagen zur Erholung in einem Kurhotel am Circeo war, habe ich mich in den Armen dieses jungen Hotelkellners als ergänztes, als vollständiges Geschöpf gefühlt.

Natürlich ist der Fahrstuhl kaputt; so muß ich die sechs Stockwerke zu Fuß erklimmen und bleibe, endlich am zwölften Treppenabsatz angelangt, erst einmal ruhig vor der Tür stehen, wohl eine Minute lang, bis ich wieder zu Atem gekommen bin. Auf dem Messingschild steht »Elda-Moda«, in Kursivschrift, offenbar, damit es eleganter wirkt. Elda ist der Name von Marios Mutter; und dieses naiv anspruchsvolle Schild kontrastiert mit der Anspruchslosigkeit der dürftig graugestrichenen Wohnungstür, des beengten Treppenabsatzes, in den die Sonne erbarmungslos hereinsticht, der kärglichen, schmuddeligen Treppe und des ganzen Hauses überhaupt. So, jetzt bin ich nicht mehr außer Atem. Ich strecke die Hand aus und drücke den Klingelknopf.

Unmittelbar darauf öffnet sich die Tür, was auf die Winzigkeit der Wohnung schließen läßt. An der Schwelle taucht eine Frau mit schwarzer Schneiderinnenschürze auf, ein Zentimetermaß aus gelbem Wachstuch über der Schulter, eine Menge verstreuter weißer Fädchen auf der Brust. Das muß Marios Mutter sein. Sie ist eine schöne Frau, doch von einer verblühten, scharfzügig gewordenen Schönheit; die Mutterschaft, ihre Arbeit, ihre Ernährung haben sie entstellt, haben sie füllig werden lassen. Sie muß in meinem Alter oder sogar jünger sein, aber ich wirke ganz bestimmt jugendlicher als sie, auch deshalb, weil meine Haare gefärbt, die ihrigen dagegen grau sind.

Sie blickt mich mißtrauisch an und fragt, was ich wolle. Ich antworte mit einer Lüge, die jedoch einen Kern Wahrheit enthält: »Ihr Sohn ist in meiner Behandlung. Er hat mich gestern angerufen, ihm sei gar nicht gut, und er bäte um meinen Besuch. Da bin ich also.«

Eine »Lüge mit einem Kern von Wahrheit« ist dies, weil so unsere Liebe ihren Anfang nahm: in einem stickigen Dienstbotenkämmerchen jenes Hotels, wo Mario, von einer Kolik befallen, auf einem zerwühlten Klappbett lag.

Ich saß auf dem Bettrand und hielt seine Hand; er krümmte sich so wenig wie möglich, suchte nur mit seinen gequälten Augen ständig die meinen.

Weder mein Erscheinen noch mein Scheingrund verwundert die Mutter; sie ist an derlei offenbar gewöhnt. Mit stumpf ergebener Stimme sagt sie: »Ich sehe mal nach, ob mein Sohn zu Hause ist.« Damit wendet sie mir den Rücken zu, ohne mich zum Eintreten aufzufordern, und verschwindet hinter einem herabhängenden Stück Stoff, das wie ein Vorhang den Eingang von der übrigen Wohnung trennt. Ich bleibe zunächst unschlüssig allein dort stehen, dann trete ich näher, schiebe den Vorhang zur Seite und spähe hinein.

Da ist ein kleiner Korridor, mit einer Glastür im Hintergrund, sicherlich das Bad; dann sind da noch drei andere Türen. Ich überlege: eine Tür zur Küche, eine zum Anprobierzimmer, eine zu Marios Zimmer. Aber wo schläft die Mutter? Vermutlich im Probierzimmer auf einem Schlafsofa. Während dieser quasi topographischen Betrachtungen halte ich die Ohren gespitzt.

Die Tür, die meiner Meinung nach in Marios Zimmer führt, ist angelehnt, und ich erkenne deutlich seine Stimme, gedämpft wie die seiner Mutter. Dann kommt die Mutter so plötzlich wieder zum Vorschein, daß ich mich nicht mehr rechtzeitig an den Eingang zurückziehen kann. Mit ihrer trübseligen Hausmuttermiene teilt sie mir mit: »Ich bedaure, mein Sohn ist nicht zu Hause.« Ich sehe ihr fest ins Auge; sie hält meinem Blick stand. Dann fahre ich sie wütend an: »Sie lügen! Ihr Sohn ist da, ich habe seine Stimme gehört!« Gleichzeitig stürze ich auf die Tür von Marios Zimmer zu. Im selben Augenblick kommt Mario heraus und steht mir gegenüber.

Seine glänzenden schwarzen Haare sind ganz zerzaust; er hat nur Slip und Unterhemd an und scheint gerade aus dem Bett gestiegen zu sein. Ich sehe, daß er ein zusammengefaltetes Handtuch unter dem Arm hält. Der blödsinnige Gedanke durchfährt mich, daß ich ihn so klein nicht in Erinnerung hatte, so wohlproportioniert und so behaart. Zugleich aber verspüre ich etwas wie einen heftigen, unwiderstehlichen Sog nach vorne, und nur mit Mühe halte ich mich davor zurück, zu Mario hinzustürzen und ihn zu umarmen, meinen Körper an seinem festzuklammern; eben wie die platonische eine Hälfte des Menschen, die nach langem Suchen endlich die andere Hälfte gefunden hat. Ich öffne den Mund, ich stammle: »Mario ...« – und verstumme gleich darauf, weil mich plötzlich der lähmende Einfall durchzuckt, daß Mario aus irgendeinem mir unbekannten Grund nichts mehr von mir wissen will und ich also einen Fehler gemacht habe, als ich mich bis zu seiner Tür vorwagte, mit dem verrückten Vorwand eines ärztlichen Hausbesuchs. Und richtig! Mario starrt mich einen Augenblick lang wütend an; dann quillt dieser überaus geliebte Mund von den nur zu bekannten brutal beleidigenden und demütigenden Ausfälligkeiten des jüngeren Mannes gegen die ältere Geliebte über. Und das noch auf einem anderen Gesellschafts- und Bildungsniveau – in meiner platonischen Vorstellung hatte ich bisher solche Unterschiede als Elemente betrachtet, die einander ergänzen würden! Und obendrein in der groben römischen Umgangssprache, die so geeignet ist, im Handumdrehen auch das dauerhafteste Liebesband mit ein paar vulgären Redewendungen zu liquidieren, wie etwa: »Ja, darf man erfahren, was du hier willst?« – »Haha, wer kennt dich schon!« – »Na, hast du dich überhaupt schon mal im Spiegel besehen?« – »Guck einer diese alte Schachtel an, was die sich einbildet« – und ähnliches mehr.

Diese abschätzigen Sprüche holen mich noch ein, als ich mich bereits verstört zurückziehe, etwa so, wie ein erschrockenes Huhn mit gesträubtem Gefieder vor den Besenschwüngen einer erbosten Hausfrau flüchtet. Die an der Wohnungstür wartende Mutter sieht mich an, sieht Mario an, unschlüssig, aber gelassen; fast meine ich, sie hat Verständnis und Sympathie für mich. Ich gehe an ihr vorbei, hinaus auf den Treppenabsatz, doch nicht so rasch, daß ich nicht noch mitbekäme, wie Mario ins Bad schlüpft und hinter sich, wie zur letzten Beschimpfung, krachend die Glastür zuschmettert.

Seit jener Szene geschieht etwas Merkwürdiges mit mir: Jeden Morgen gegen fünf Uhr fahre ich aus dem Schlaf hoch und muß sofort an Mario denken – aber nicht in dem Sinne, wie man sagt: »Ich denke stets an dich«, was eigentlich gar kein Denken, sondern eher ein Sich-dem-Gefühl-Überlassen ist; ich erlebe im Geist immer wieder die demütigende Szene meines Hinauswurfes. Ich sehe mich den Klingelknopf drücken, der Mutter etwas vorlügen und dann eintreten; ich sehe Mario zum Vorschein kommen, sehe ihn mich von oben bis unten mustern und dann mich heftig heruntermachen, höre, wie er die Türe krachend zuwirft und sich im Bad einschließt. An dieser Stelle, so wird man meinen, sollte ich mich auf die andere Seite drehen und weiterschlafen. Wer das denkt, kennt nicht den Unterschied zwischen Sicherinnern und Innewerden, zwischen Zurückdenken und

Nacherleben. Sich erinnern heißt, aus dem Gedächtnis eine Gestalt, ein Geschehnis herauf holen und betrachten, so wie man ein altes Schmuckstück betrachtet, das in einer Schublade eingeschlossen lag, um es hernach wieder zurückzulegen in die Schublade, in das Gedächtnis also, und nicht mehr daran zu denken. Nacherleben aber heißt, die Wahrnehmungen und Empfindungen, die jene Person oder jenes Ereignis in uns bewirkten, als wir sie erlebten, wieder und wieder auskosten, immer wieder, endlos. So ist es doch: Das Erinnern taucht irgendwann einmal auf; aber das Nacherleben stellt sich unendlich oft wieder ein. Nur, wer läßt es schon zu einem Nacherleben widriger Eindrücke kommen! Man sucht eher sie zu vergessen, zu verdrängen; allein die angenehmen Empfindungen erlebt man nach. Wie erklärt es sich dann, daß ich Morgen für Morgen, wieder und immer wieder, innerlich zu der Szene meines Hinauswurfs aus Marios Wohnung zurückkehre und mich dabei besonders an den grausamsten, demütigendsten Einzelheiten festhake? Warum nur verharre ich erstarrt und behext beim Wiederauskosten jenes ätzenden Schmerzgefühls, so, als wäre es eine berückende Wonne? Ich denke lange darüber nach und sage mir schließlich, daß bei diesen morgendlichen Wiederbeschwörungen sich durch eine mysteriöse psychologische Alchimie tatsächlich der Schmerz in Lust verwandelt. Man wird dazu sagen: Das ist Masochismus! Mag sein. Nur, wie vereinbart sich der Masochismus mit der Sehnsucht, die eigene zweite Wesenshälfte wiederzufinden und mit ihr das mythische kreisrunde Urwesen Platons, diese rundum vollständige Kreatur, neu zu bilden? Kann denn ein Geschöpf vollständig sein, das in zwei Teile zerspalten ist, von denen der eine den andern erniedrigt, beleidigt und entwürdigt?

Anscheinend doch. Mein wollüstiger Schmerz beginnt nach ein paar Monaten schal und hinfällig zu werden. Die Szene meines Hinauswurfs aus Marios Wohnung wird immer blasser, so wie ein alter Film sich durch Zeit und Abnutzung verschleißt. Leider habe ich mich aber inzwischen an diese trübselige Zerstreuung gewöhnt; ich habe absolut das Bedürfnis, jeden Morgen neu die Leiden jener gräßlichen Minuten nachzukosten. So fasse ich einen vielleicht unvorstellbaren Entschluß, der aber in meiner Lage eine gewisse Logik hat: Ich will nochmals in Marios Haus gehen, will nochmals den zweideutigen Vorwand eines ärztlichen Hausbesuchs gebrauchen; will mich nochmals wegjagen lassen, auf dieselbe herabsetzende Weise. Vielleicht packt mich Mario sogar bei den Haaren und wirft mich an der Tür zu Boden, stößt mich mit Fußtritten auf den Treppenabsatz hinaus. Wie ein Drogensüchtiger, der sich sein Lieblingsrauschgift wiederbeschafft hat, werde ich mit einem guten Vorrat an Demütigung heimkehren, so daß ich für längere Zeit ohne weitere Nachlieferungen auskommen kann.

Unverzüglich setze ich meinen Plan in die Tat um. Am frühen Morgen fahre ich vor dem großen Mietshaus vor, steige zu Fuß (der Fahrstuhl ist immer noch kaputt) die sechs Stockwerke hoch, läute an der Wohnungstür, die Mutter kommt und öffnet, ich repetiere die Lüge vom ärztlichen Hausbesuch. Ich erwarte, daß die Mutter mich abweist, wenn auch auf ihre ein wenig mitleidsvoll niedergeschlagene Weise; ich erwarte, daß Mario sich zeigt und gegen mich loswettert: doch nichts von alledem! Die Mutter fordert mich lediglich in ihrem niedergedrückten Tonfall auf: »Sie können gleich hineingehen. Er liegt im Bett. Die letzte Tür rechts«, und damit geht sie. Mehr tot als lebendig pirsche ich mich vor, klopfe an die Tür. Er ruft von drinnen, ich solle hereinkommen. Das ist also sein Zimmer, es ist klein und mit Illustriertenbildern von Filmschauspielerinnen und Fußballspielern austapeziert. Mario liegt auf dem Bett, in Slip und Unterhemd, so wie er damals vor mir stand, die Hände hinter dem Nacken gefaltet. Er steht nicht auf, rührt sich nicht, sagt bloß, mit einer zugleich barschen und zärtlichen Stimme: »Ja, darf man erfahren, warum du dich nicht mehr sehen ließest? Nur weil ich an dem Morgen damals ein bißchen grantig war? Du bist schon komisch, weißt du!«

Wie durch Zauberei ist mit einem Schlag der Impuls, mich über ihn zu werfen, ihn zu umarmen, meinen Körper an dem seinen festzuklammern, vergangen. Danach vollzieht sich alles mechanisch. Ich setze mich auf den Bettrand, nehme sein Handgelenk, zähle die Pulsschläge. Er protestiert, erst unsicher, dann immer entschiedener; aber ich höre nicht auf ihn. Mit beruflicher Kühle wehre ich seinen Versuch, mich zu umarmen, ab, erhebe mich wieder, teile ihm mit, daß er nicht gut beieinander sei, nehme meinen Rezeptblock vor, kritzle eine Verordnung und reiche sie ihm. Ohne ihm Zeit zu lassen, sich von seiner Überraschung zu erholen, gehe ich hinaus aus dem Zimmer, hinaus aus der Wohnung, die Treppen hinunter.

Während ich ins Auto einsteige, um meine gewohnte Besuchsrunde anzusteuern, muß ich fast lachen. Denn plötzlich fällt mir ein, daß Platos kreisrundes Monstrum ja schon eine närrische Gangart gehabt haben muß, mit seinen vier Armen und vier Beinen radschlagend wie Akrobaten oder auch wie gewisse indische Gottheiten. Aber wahrhaftig, was könnte ein so merkwürdiges Geschöpf, das seine Einheit dem Uneinssein, seine Kraft der Schwäche und seine Freuden dem Schmerz verdankt, auch anderes tun als radschlagen?

## *Der Spaziergang des Spanners*

Klack, klack: Der Schlüssel wird so heftig im Schloß umgedreht, wie es nur Abscheu und Verachtung fertigbringen. Und in der Tat schreit seine Frau durch die geschlossene Tür – als wolle sie nur ja keinen Zweifel über ihre Absichten aufkommen lassen –, sie wolle auf keinen Fall mehr mit ihm schlafen, überhaupt nie mehr. Das hat sie schon mehrmals in ihrer kurzen Ehe, sie sind noch nicht einmal ein Jahr verheiratet, lautstark verkündet. Ihr Hin und Her bringt ihn noch mehr zur Verzweiflung als ein klares, unumstößliches Nein. So würde es also immer weitergehen; so sähe also der Käfig aus, in dem sie, auf wer weiß wie lange Zeit, zusammengesperrt sein würden.

Unter diesen Gedanken verläßt er ganz mechanisch die Terrasse der Villa, überquert die Dünen, steigt zum Strand hinunter und beginnt ziellos neben dem Meer dahinzuwandern. Er denkt an nichts Bestimmtes. Seine Beine tragen ihn ganz mechanisch. Bald betrachtet er die kunstvollen dunklen Muster, welche die Wellen wie Volants auf dem feuchten Sand zurückgelassen haben, bald den Himmel, der von Dunstschleiern überzogen ist; dann blickt er wieder auf die träge, schmutziggraue Wasserfläche, auf der Papierfetzen und Abfälle auf und ab schaukeln, ohne an Land zu treiben oder endlich auf den Meeresgrund zu sinken. Plötzlich, mitten aus seiner Gedankenabwesenheit heraus, faßt er einen Entschluß: Er wird seinen unfreiwilligen Spaziergang so lange wie möglich ausdehnen und nicht zum Mittagessen nach Hause gehen. Vielleicht würde sich seine Frau über sein langes Fortbleiben Sorgen machen und ihm dann in der kommenden Nacht etwas liebevoller begegnen.

Erfüllt von der trotzig-kläglichen Idee, nicht zum Essen nach Hause zu kommen, beginnt er nun rascher auszuschreiten, als hätte er ein bestimmtes Ziel. Es ist September, alle Sommerhäuser oberhalb der Dünen sind unbewohnt und abgeschlossen, die Badeanstalten und Badekabinen leer und zugesperrt. Nur vereinzelt liegen noch Paare am Strand und sonnen sich. Hinter den Badeanstalten kommt ein langer Uferstreifen ohne Villen und ohne Badekabinen: nichts als Macchia, Strand und Meer. Die Einsamkeit beginnt ihn zu bedrücken. Er beschließt, nur bis zu einer Gruppe von Pinien zu gehen, die in der Ferne den Strand säumen. Sind diese Bäume das eigentliche Ziel seines langen Spazierganges? »Ja, vielleicht«, sagt er sich, »wir werden ja sehen.«

Nun ist er bei den Pinien angelangt. Und da erwartet ihn sofort eine Enttäuschung: Der Pinienhain ist von einem Stacheldrahtzaun umgeben, der bis in das Meer hineinreicht. So begnügt er sich damit, seine Hände auf den Maschendrahtzaun zu legen und seinen Kopf möglichst weit vorzustrecken, um die Pinien näher in Augenschein zu nehmen.

Der Hain wirkt verlassen. Die rötlichen, von der Sonne ausgedörrten Pinienstämme neigen sich einander zu oder streben in verschiedene Richtungen auseinander. In der Mitte des Wäldchens liegt eine große alte Villa in verblaßtem Pompeianisch-Rot. Alle Fensterläden sind geschlossen. In der tiefen Stille vermeint man den Wind unten am Meer singen zu hören wie ferne, sehnsüchtigsüße Harfentöne. Wie er so am Stacheldrahtzaun steht, muß er plötzlich an Fotos von KZ-Häftlingen denken, die, ähnlich wie er selbst, mit ihren Händen den Drahtzaun umklammerten. Allerdings, führt er seinen Gedanken traurig fort, ist er in diesem Fall selbst der Gefangene, obwohl er scheinbar in Freiheit lebt.

Unter dem Eindruck dieser Gedanken bemerkt er plötzlich, daß der Pinienhain nicht ganz verlassen ist. Denn fast im selben Augenblick sieht er innerhalb der Umzäunung ein metallisch glänzendes blaues Auto stehen. In einer Erdmulde liegen Teile von Männer- und Frauenkleidung auf dem von Piniennadeln übersäten Boden. Er hebt die Augen und blickt zum Meer hin. Da entdeckt er das Paar: Splitternackt und tropfnaß, offensichtlich soeben aus dem Meer gestiegen, kommen ein Mann und eine Frau die Anhöhe herauf und wenden sich zu der Mulde, in der sie ihre Kleider gelassen hatten.

Im gleichen Moment, in dem sie in sein Blickfeld treten, wird ihm bewußt, daß er sie nicht einfach ansieht, sondern anstarrt; ja, nicht nur das, er ist drauf und dran, sie heimlich zu beobachten. Eigentlich sollte er diese Versuchung im Keim ersticken und sich sofort zurückziehen. Aber das bringt er nicht über sich. Was ihn daran hindert, ist der Gedanke, er beobachte etwas, das auf geheimnisvolle Weise im Grunde ihn selbst angeht. Und außerdem hat er den beiden ja nicht absichtlich nachspioniert: Es war reiner Zufall, daß er am Zaun stand, als sie gerade aus dem Meer kamen.

Aber das sind alles Haarspaltereien, wie er sich gleich eingestehen muß. Wie würde es sich sonst erklären, daß er nach einem raschen Blick zur Orientierung auf beide nun peinlich genau zuerst den Mann mustert? Er macht sich klar, daß er entweder vor sich selbst den Anschein uninteressierter Objektivität erwecken oder, was wahrscheinlicher ist, die Frau für eine längere und ausführlichere Betrachtung »aufheben« will, so wie manche Feinschmecker sich das Beste für den Schluß des Essens aufheben. Trotz dieser luziden Gedanken läßt er keineswegs davon ab, das Paar mit geradezu unersättlicher Gier zu betrachten. Der Mann ist jung und kaum mittelgroß, ist aber kräftig gebaut und hat starke Arme und Beine. Sein Schädel ist kahl. Beim Gehen streckt er den Kopf nach vorn, auf seinem Gesicht scheint ständig ein Ausdruck der Begierde zu liegen. Jetzt ist die Frau an der Reihe. Sie ist groß und wirkt wie eine leidenschaftslose, aber auf undefinierbare Weise schöne Statue. Er betrachtet sie in allen Einzelheiten und bemerkt viele charakteristische Übereinstimmungen, beispielsweise zwischen der runden Fülle ihrer Arme und ihrer Schenkel, dem Schwarz ihrer Haare und ihrem Schamdreieck, zwischen der Bewegung ihres Halses und ihrer Taille ...

Unvermittelt bemerkt er, daß es ihm nicht mehr genügt, das Paar zu beobachten, oder besser gesagt, ihm nachzuspionieren, sondern daß ihn dabei ein Gefühl von Spannung und wütender Ungeduld überkommt. Ja, es genügt ihm nicht, die beiden zu beobachten, er möchte vielmehr, daß sie etwas tun. Ein ähnliches Verlangen erfüllt einen Zuschauer während einer Sportveranstaltung, der mit Zurufen und Gesten seinen Lieblingsspieler anfeuert, er solle dies oder das tun. In der Tat überrascht er sich dabei, wie er leise zwischen den

Zähnen hervorpreßt: »Also, was stehst du so herum? Warum gehst du denn nicht näher an sie heran? Und du, warum schaust du auf die Pinien statt auf ihn?« Ja, er »möchte«, daß die beiden vertrauter, intimer miteinander umgehen. Mit einer Intimität, wie sie ihm seine Frau am Morgen, als sie die Tür vor ihm zuknallte, verweigert hatte.

Aber die beiden gehorchen ihm nicht, sie nehmen sich Zeit, als hätten sie ganz etwas anderes im Sinn. Während er zusieht, wie die Frau sich nach einem Handtuch bückt, sich dann wieder aufrichtet und sich langsam abzutrocknen beginnt und der Mann sich auf den Boden hockt und eine Zigarette anzündet, macht er sich plötzlich klar, daß er einem Schauspiel mit vorher festgelegtem Ausgang beiwohnt, das ohne weiteres auch einen anderen Verlauf nehmen könnte, statt sich zu der von ihm gewünschten erotischen Intimität zu entwickeln. In Wahrheit ist er nur Zuschauer bei einem Theaterstück oder einem Fernsehspiel, dessen Inhalt er nicht kennt und das er mit der Geduld und dem Respekt beobachten muß, die man jedem Kunstwerk schuldet. Dieser Gedanke fügt seiner Neugier ein neues Element hinzu, das sie völlig verwandelt. Ja, er ist nicht jemand, der seine Beute belauert wie ein Jäger auf dem Anstand. Er ist vielmehr ein Kritiker, der mit distanzierter Aufmerksamkeit eine Vorstellung verfolgt und sich wünscht, daß die Darsteller »gut« spielen. Aber was bedeutet in diesem Fall »gut« spielen? Das ist der springende Punkt, führt er sein stummes Selbstgespräch fort, »gut« spielen heißt, nicht nach dem am Morgen von seiner Frau abrupt abgebrochenen Drehbuch, sondern nach dem »eigenen« Drehbuch des Paares. Steht darin, daß sie nach dem Bad im Meer einander lieben sollen? Ja? Wunderbar, dann sollen sie es nur tun. Steht aber dort geschrieben, daß sie den kleinen Picknickkoffer, der an einer Pinie lehnt, öffnen, erst essen und dann schlafen sollen, dann dürfen sie es eben auf keinen Fall miteinander treiben, gleichgültig, ob er selbst es nun möchte oder nicht.

Schlagartig verändert sich da die ruhige, friedliche Szene und nimmt eine Wendung in dem von ihm gewünschten Sinn. Die Frau ist mit dem Abtrocknen fertig und bückt sich, um ihre Bluse vom Boden aufzuheben. Da gibt ihr der

Mann einen Klaps auf den Hintern - eine vulgäre Geste - und packt sie um die Hüften. Verärgert und angeekelt, wirklich wie ein Zuschauer, der sehen muß, daß die Darsteller schlecht spielen, hofft er einen Augenblick, daß die Frau diesen brutalen, unpassenden Angriff zurückstoßen und beleidigt ihren Gefährten in seine Schranken weisen wird. Weit gefehlt! Die Frau macht sich los und rennt davon. Aber dabei zappelt sie übertrieben mit Armen und Beinen, quietscht vor Lachen und stößt fingierte Angstschreie aus, die leider keinen Zweifel an ihrem Einverständnis lassen. Dann nimmt alles auf die banalste und gewöhnlichste Weise, die man sich nur denken kann, seinen Lauf: Die beiden rennen auf ihrer Verfolgungsjagd bis zum Meer hinunter, das durch die Pinienstämme blinkt. Die Frau läuft schnell ins Wasser. Der Mann versucht sie zu packen, und beide fallen unter wildem Gespritze und Geplätscher in das seichte Wasser. Ein Paar, das engumschlungen im Meer miteinander Liebe macht, sieht wirklich aus wie ein großer Fisch, der von der Harpune durchbohrt im Netz zappelt, denkt er noch voll Ironie, während er davongeht.

Auf dem Heimweg überläßt er sich wieder mechanisch dem Gehen, ohne zu denken, so wie auf dem Hinweg. Während er dahinwandert, betrachtet er abwechselnd den Strand, den Himmel, die Dünen, das Meer. Aber als er seine Villa erreicht, taucht aus dem Schweigen seines Inneren plötzlich ein Entschluß auf: Um das unangenehme, demütigende Gefühl, anderen Leuten nachspioniert zu haben, zu vertreiben, muß er mit seiner Frau zu dem Pinienhain zurückkehren und mit ihr dasselbe tun wie das fremde Paar, dem er zugesehen hat.

Gesagt, getan. Wie er es vorausgesehen hat, ist seine Frau wieder besserer Laune und zeigt sich liebevoll und zärtlich. Gern willigt sie ein, am nächsten Tag einen Spaziergang zu dem herrlichen, märchenhaften Pinienwald zu machen, den er - wie er vorgibt - »entdeckt« hat. So läuft alles ab wie beim ersten Mal: der gleiche Himmel, das gleiche Meer, die gleichen verlassenen Badeanstalten und die gleichen abgeschlossenen Villen. Alles, abgesehen von einem wichtigen Detail: Trotz all seiner Anstrengungen gelingt es ihm nicht, den Pinienhain wiederzufinden. Er muß zwischen einem langen, unbewohnten Küstenstreifen und einem bestimmten Vorgebirge liegen. Aber obwohl er mehrmals den Strand hinauf- und hinuntergeht, materialisieren sich der Hain, die Villa und der Zaun nicht, sondern bleiben eine Erinnerung, an deren Realität er nun selbst schon zu zweifeln beginnt. Schließlich entwickelt er seiner Frau gegenüber, die ihn auslacht, die einzige Hypothese, die ihm nun möglich erscheint: »Offenbar habe ich alles nur geträumt.«

Seltsamerweise leuchtet ihr sein Erklärungsversuch sofort ein: »Du hast von einem wunderschönen Platz geträumt und sofort daran gedacht, mich dorthin zu führen. Ist das nicht schön?«

So ist es eben nicht, denkt er bitter. Er hat wirklich nicht den Mut, ihr einzugestehen, daß er im Traum nicht sich selbst und sie, sondern zwei Fremde gesehen hat, die er voll Neid, Erregung und Mißbilligung beobachtete. Wahre Liebe hätte sich jedoch darin gezeigt, niemand anderen zu sehen und sich zu sagen: »Das ist genau der richtige Platz, um morgen mit ihr herzukommen.«

## *Versöhnung*

Als ich die Zeitungsanzeige gelesen hatte, in der eine möblierte Wohnung von fünf Zimmern im vierten Stock eines kleinen Mietshauses in der Via dei Villini Nummer 34 angeboten wurde, überlegte ich nicht lange. Ich verließ das Hotel, stieg in den Wagen und fuhr hin.

In zehn Minuten war ich in der Via dei Villini, einer Seitenstraße der Via Nomentana. Alte Häuser, mit Kletterpflanzen bewachsen, Oleander mit roten und weißen Blüten. Ich hielt vor dem Haus, in dem ich drei Jahre mit meiner Frau gewohnt hatte, stieg aus und ging zum Tor, durch einen kleinen Garten, der so eng war wie ein Korridor. Ich drückte auf die Klingel für den vierten Stock, und kurz darauf öffnete sich mit einem Summen die Tür. Ich kam in die Vorhalle mit dem schwarzweißen Rhombenmuster auf dem Fußboden und ging, die Hand auf dem Geländer, mit gesenktem Kopf die Treppe hinauf.

Der erste Stock, der zweite Stock, der dritte Stock; am dritten Treppenabsatz sah ich auf und erblickte ihre Füße, sie stand in aufrechter Haltung auf der letzten Stufe und erwartete mich: Ihre Füße waren groß, lang und wirkten auf unerklärliche Weise fröhlich. Im Hinaufsteigen fragte ich: »Ist das hier, wo die Wohnung vermietet wird?« Ich nahm die letzte Stufe, wir standen uns gegenüber und sahen uns an.

Sie war wie immer: ihre grünen, leuchtenden Augen, ihr blasses, eingefallenes Gesicht, ihr sehr roter Mund und ihr blondes, volles Haar mit den beiden zärtlichen Wellen. Sie zögerte einen Augenblick, ob sie die Komödie mitmachen sollte, dann sagte sie: »Ja, die ist hier.«

»Erlauben Sie, daß ich mich vorstelle, Lorini.«

»Ich heiße Dora.«

»Nur Dora.«

»Dora Moretti.«

Das war ihr Mädchenname. Sie ging voraus, drehte sich auf ihren schlaksigen, muskulösen Beinen um und sagte mit einer ausladenden Geste ihrer großen weißen Hand: »Die Diele.«

»Was für schöne Möbel, haben Sie die ausgesucht?«

»Aber nein, davon versteh ich nichts, die hat mein Mann ausgesucht.«

»Sie sind verheiratet?«

»Getrennt.«

Sie ging vor mir her durch den Korridor, sie trug eine weite, lose Bluse und einen kurzen, engen grauen Rock. Sie öffnete eine Tür, stellte sich auf die Seite, ohne einzutreten, und ließ mich vorbeigehen: »Das Schlafzimmer.«

Ich hatte es Stück für Stück eingerichtet, hatte viele Antiquitätengeschäfte abgeklappert: spanisches Bett mit schmiedeeisernem Kopfende; Stühle, Schrank und Truhe im gleichen Stil. An den Fenstern rote Vorhänge. Ich spürte, daß das Zimmer unbewohnt war; die Matratzen waren zusammengerollt. »Schlafen Sie denn nicht hier?«

»Nein, ich kann all den Kram nicht ausstehn. Und da ich sowieso kein Mädchen habe, schlafe ich im Mädchenzimmer.«

Ich ging zum Fenster, öffnete es, sah hinaus auf den großen Magnolienbaum im Garten nebenan, wie ich es immer getan hatte, als ich noch hier wohnte. Sie stellte sich neben mich, streifte meinen Arm: »Ein schöner Garten, nicht wahr? Er gehört nicht mir, aber es ist doch fast mein Garten.«

Plötzlich fragte ich: »Warum sind Sie von Ihrem Mann getrennt?«

Mit einem heiteren Aufleuchten ihrer Augen sah sie mich an: »Was Sie alles wissen wollen. Warum wollen Sie es wissen?«

»Nur so, aus Neugierde.«

»Na gut, wenn Sie's unbedingt wissen wollen: wegen Unvereinbarkeit der Charaktere.«

Sie gab dieser Formel einen so belustigten Akzent, daß ich lachen mußte.

Ich beharrte: »Und was heißt das?«

»Das heißt, daß mein Mann und ich zu verschieden waren: ich sozusagen ein Mädchen aus dem Volk – er aus einer

Familie, in der es von Doktoren und Professoren wimmelte. Ich ungebildet - und er tat nichts lieber als lesen. Ich mochte Tanz, Sport, Leben im Freien, alles, was bewegt und fröhlich ist - er mochte die Stille, blieb am liebsten zu Hause, vertieft in seine Studien; er war ein Muffel, ein Menschenfeind.«

»Ich verstehe. Aber manchmal, wenn man sich getrennt hat ...«

»Und dann war da noch etwas anderes.« »Was?«

»Ich hatte erwartet, daß er mich nach der Heirat bilden würde, daß er mich all die schönen Dinge lehren würde, die er wußte. Er dagegen erwartete, daß ich die Köchin spielte, die Haushälterin, das Dienstmädchen. Und deshalb haben wir uns nicht gefunden.«

»Verstehe. Und wie endete es dann?«

»Es gab ein schlechtes Ende.«

Sie verließ das Fenster, ging zur Tür und fügte hinzu: »Mein Mann wollte nicht nur, daß ich sein Dienstmädchen war, er wollte mich auch überzeugen, daß ich gar nichts anderes konnte. Wissen Sie, was er jeden Tag zu mir gesagt hat, immer wieder, wie einen Refrain?«

»Was?«

»Dummerchen, du bist eine Dumme, schön, aber dumm, meine Dumme, die ich so liebe, mein angebetetes Dummerchen.«

»Ihr Mann liebte Sie aber doch?«

»Er liebte mich, das bestreite ich nicht. Wenn man aber von morgens bis abends hört, daß man dumm ...« Sie machte eine ziemlich vulgäre Geste, um ein nicht zu ertragendes Übermaß anzudeuten. Dann zeigte sie mir ein anderes Zimmer: »Das Arbeitszimmer meines Mannes.«

Ich sah hinein: »Oh, eine Menge Bücher! Wieso hat Ihr Mann die nicht mitgenommen?«

»Ich weiß nicht. Als er fortging, sagte er, daß er nichts wollte, weder Möbel noch Bücher, daß er alles mir lassen wollte. Er sagte, er würde von jetzt an im Hotel wohnen, ohne Möbel und ohne Bücher.«

»Was arbeitet denn Ihr Mann?«

»Er schreibt für Zeitungen.«

»Also Journalist?«

»Nein, er ist kein Journalist, er ist Kritiker, schreibt Kritiken für Zeitungen.«

»Haben Sie seine Kritiken gelesen?«

»Nein, ich hab sie nicht gelesen, er wollte es nicht, er sagte, ich wäre zu dumm, zu ungebildet, um sie zu verstehen. Ich hab sie nur alle in ein Album geklebt, nachdem sie veröffentlicht waren, das ja.«

»Und Ihr Mann hat viel gelesen?«

»Viel? Immer. In diesen Sessel da am Fenster hat er sich gesetzt und den ganzen Tag gelesen. Auch im Bett hat er gelesen: Auf der einen Seite war das Buch, auf der anderen war ich.«

»Wie alt ist denn Ihr Mann?«

»Gar nicht alt, sechsunddreißig. Aber er war oft, als ob er neunzig wäre. Wissen Sie, was er zu mir gesagt hat, wenn ich ein bißchen zärtlich wurde?«

»Was denn?«

»Laß doch die Dummheiten.« Sie schloß die Tür und öffnete eine andere. »Das ist das Eßzimmer.«

Dieses Zimmer hatte ich in provenzalischem Stil eingerichtet. Wie beim Schlafzimmer merkte man gleich, daß sie es nicht benutzte: »Essen Sie denn nicht hier?«

»Nein, all diese dunklen Möbel machen mich traurig. Ich esse in der Küche. Und außerdem erinnert mich dieses Zimmer an das Ende meiner Ehe.«

»Wieso?«

Sie sah ins Zimmer, schwieg einen Augenblick und sagte dann langsam: »Es war so. Wir hatten keine Köchin, wie gesagt, nur ein Stundenmädchen. Die Köchin war ich. Ich kochte sehr gut, das ist nicht nur so dahingeschwatzt, wirklich. Eines Morgens, es war ein Freitag, hatte ich meine Spezialität gemacht, Livorneser Fischsuppe. Er saß dort am Kopfende und aß, wie immer mit einem ans Glas gelehnten Buch vor der Nase. Auf einmal sagte er, ohne aufzusehen: ›Sie ist wirklich exquisit, diese Fischsuppe, Dora.‹ Ich weiß nicht, was dann in mich gefahren ist. Jedenfalls faßte ich mit beiden Händen das Tischtuch, hob es hoch und schüttete ihm die Fischsuppe ins Gesicht.«

»Tatsächlich?«

»Ja, tatsächlich.«

»Und dann?«

»Dann haben wir uns ausgesprochen, und dabei kam die Wahrheit heraus, und ich sagte ihm, daß ich nicht mehr bei ihm bleiben wollte, um keinen Preis, und daß ich zu meinen Eltern zurückwollte. Aber dann bat er mich, in der Wohnung zu bleiben, bei den Möbeln, den Büchern und allem. Er hat sich nur ein paar Sachen in den Koffer gepackt und ist ins Hotel gezogen.«

»Haben Sie ihn nicht wiedergesehen?«

»Nein, ich hab ihn über ein Jahr nicht gesehn. Manchmal frage ich mich, ob er wohl der gleiche geblieben ist oder ob er sich verändert hat.«

»Na, was meinen Sie?«

»Ich glaube, daß er immer noch der gleiche ist. Es ist ja auch nicht leicht, anders zu werden.«

»Würden Sie wieder mit ihm leben, wenn er sich verändert hätte?«

»Wer weiß.« Sie schloß die Tür zum Eßzimmer, ging ans Ende des Korridors und machte eine kleine Tür auf. »Das ist das Mädchenzimmer. Jetzt schlafe ich hier.«

Das Zimmer war so klein, daß es vom Bett fast ausgefüllt war. Ihr hellblaues Nachthemd sah unter dem Kopfkissen hervor; auf dem Bettvorleger standen ihre Pantoffeln; auf einem Sessel lag ein Handtuch und auf dem Handtuch ein Paar frischgewaschene Strümpfe. Plötzlich tat sie etwas Unvorhergesehenes: Sie ließ sich rücklings aufs Bett fallen und legte ihre Hände unter ihren Nacken. Freche Fröhlichkeit leuchtete aus ihren Augen.

»Darf ich Sie etwas fragen?«

»Fragen Sie.«

»Sind Sie verheiratet?«

»Ich lebe getrennt, genau wie Sie.«

»Um so besser. Wenn Sie also daran denken, die Wohnung zu mieten, mache ich Ihnen einen Vorschlag.«

»Ja?«

»Lassen Sie mir das kleine Zimmer hier, das Bad nebenan und Küchenbenutzung. Als Gegenleistung koche ich für

Sie, halte die Wohnung in Ordnung und kümmere mich um alles Notwendige.«

»Sie schlagen mir also, mit anderen Worten, vor, mein Dienstmädchen zu sein?«

»Wenn's Ihnen Spaß macht, es so zu nennen, bitte.«

»Haben Sie mir aber denn nicht gesagt, daß Sie sich nur von Ihrem Mann getrennt haben, weil er wollte, daß Sie das Dienstmädchen spielen?«

»Sie sind doch anders als mein Mann, verständnisvoller, menschlicher, jünger. Für Sie mache ich gern das Hausmädchen.«

Sie sah mich an, vergnügt und verführerisch, mit hochgereckten Ellenbogen und den Händen unter dem Nacken.

Ich sagte: »Das ist ein interessanter Vorschlag. Machen wir's doch so: ich überlege es mir und sage Ihnen morgen Bescheid.«

In diesem Augenblick klingelte das Telefon auf der Kommode. Sie hob ab, bedeckte den Hörer mit der Hand und sagte: »Dann bleibt's also dabei. Macht's Ihnen was aus, wenn ich Sie nicht zur Tür bringe?«

»Aber ich bitte Sie!«

Ich ging hinaus. Als ich aber auf der Treppe war, merkte ich, daß ich meinen Hut vergessen hatte. Ohne lange zu überlegen, ging ich zurück, nahm den Wohnungsschlüssel aus der Tasche und sperrte auf. Mein Hut lag auf dem Tisch. Als ich ihn nahm, hörte ich, was Dora am Telefon sagte: »Cecilia, rate doch mal, wer mich gerade besucht hat …«

Mehr hörte ich nicht. Ich nahm den Hut, ging auf Zehenspitzen hinaus und schloß die Tür.

## *Zu arm*

Ich habe mit achtzehn Jahren geheiratet; einen Mann von sechzig, immerhin aber einen Mann, den mir meine Mutter zugedacht hatte, noch bevor ich geboren wurde, er war nämlich schwerreich. Ich muß sagen, daß er keinesfalls ein rein materiell eingestellter und gefühlsarmer Mensch war, wie es häufig jene sind, die große Reichtümer angehäuft haben. Im Gegenteil, er hatte unter dichtem silberweißem Haar ein sanftes, rosiges und freundliches Gesicht. Das Bemerkenswerteste an ihm aber waren die Augen: schwarz, trüb, ausdruckslos, von einer seltsamen Starrheit, vor allem wenn er sie auf einen Gegenstand oder einen Menschen richtete, der ihn besonders interessierte. Man konnte beinahe glauben, er hätte an Stelle der Pupillen Vergrößerungslinsen ähnlich denen, die sich die Goldschmiede in die Augenhöhle klemmen, wenn sie Edelsteine prüfen wollen. Tatsächlich schien in der Tiefe dieser Augen niemals Unkenntnis, Staunen, Bewunderung oder Neugier zu liegen, sondern nur ein unfehlbares Urteil über den Wert eines Gegenstandes oder - warum auch nicht? - eines Menschen. Geldwert vor allem; aber auch andere Werte, sofern sie am Ende in Geld umzusetzen waren. Es mag seltsam klingen, aber das ist mir nicht erst nach unserer Hochzeit klargeworden, bei unseren häufigen Besuchen in Juwelierläden und Antiquitätengeschäften, sondern in der Zeit, da er mir den Hof machte, bevor er sich erklärte. Er war ein sehr demütiger Verehrer, jedenfalls dem Anschein nach; aber zugleich ausgesucht beleidigend, zumindest für eine Frau, die es nicht hingenommen hätte, begutachtet zu werden, wie man eine Vase aus der Tangzeit oder eine Mayastatuette begutachtet, bevor man sie kauft. Ich aber fand, vielleicht weil ich jung und unerfahren war, die Beleidigung angenehm und aufregend, so daß ich mich schließlich in ihn verliebte.

Er saß in unserem ärmlichen Wohnzimmer (wir, meine Mutter und ich, waren bettelarm und lebten in einer winzigen Zweizimmerwohnung) und betrachtete mich, fast ohne ein Wort zu äußern, ebenso, wie ich ihn nach unserer Heirat häufig die Gegenstände in den Geschäften habe betrachten sehen. Es muß erwähnt werden, daß ich sehr schön war; aber sein Blick war nicht der eines Menschen, der eingeschüchtert und unterwürfig ist (das ist ja fast stets die Wirkung der Schönheit), es war der Blick eines Menschen, der weiß, daß er den Gegenstand, den er betrachtet, besitzen kann, sobald er nur will, und der bemüht ist, dessen gegenwärtigen Wert in ein Verhältnis zu dem Vergnügen zu setzen, das er später an ihm haben kann.

Schließlich heirateten wir; mein Mann liebte mich, und ich liebte ihn: Zwei Jahre lang, und man kann sagen, daß unsere Ehe glücklich gewesen ist. Aber man muß sich über die Art dieser Liebe und den Charakter dieses Glücks klarwerden. Ich will versuchen, mich verständlich zu machen, indem ich nochmals auf die Augen meines Mannes zu sprechen komme. Sie waren es, und nicht seine Gefühle, die die Beziehung zwischen ihm und der Wirklichkeit herstellten, das heißt zwischen ihm und den Gegenständen, die er nach und nach kaufte: sie waren es, die diese Beziehung einleiteten, entwickelten und schließlich beendeten. Die Beziehung hatte also gewissermaßen zwei Hauptphasen: die des Abschätzens und die des Genießens. Die erste lief unter den Augen der Verkäufer in den Läden ab: Endlos lange betrachtete mein Mann den Gegenstand, ohne ihn zu berühren; oder er nahm ihn in die Hände und drehte ihn um, aber nur, um ihn mit seinen starren Elsteraugen besser betrachten zu können; denn sein Empfinden lag ganz im Schauen, nicht im Fühlen. Die zweite Phase, die des Genießens, ging dagegen in seinem Arbeitszimmer vonstatten. Das war ein sehr großer Raum mit einem großen Tisch und zahlreichen Konsolen rings an den Wänden. Auf dem Tisch und auf den Konsolen stellte mein Mann seine neuesten Erwerbungen auf; und solange sie im Arbeitszimmer waren, hatte er noch nicht aufgehört, sich an ihnen zu erfreuen. Wie erfreute er sich an ihnen? Ich meine, es war im Grunde eine Art Vampirismus: Mit seinen kalten, starren Augen saugte er gewissermaßen die Gegenstände auf, wie man durch ein fast unbemerkbares kleines Loch den Inhalt eines Eies aufsaugt; das Ei ist dann unversehrt, aber leer, und so unversehrt wirft man es in den Mülleimer. Mein Mann warf die einmal aufgesaugten Gegenstände nicht weg, das nicht. Sie verschwanden einfach aus dem Arbeitszimmer und kehrten niemals dorthin zurück. Ich erinnere mich einer prachtvollen griechischen Vase mit schwarzen Figuren auf rotem Grund. Sie stand lange im Arbeitszimmer, dann war sie verschwunden, und schließlich, nach langer Zeit, fand ich sie in einem Wandschrank wieder.

Die Liebe meines Mannes war seiner Freude an den Gegenständen ganz ähnlich. Er betrachtete und betrachtete mich immer wieder: bei Tisch, im Bett, in den Salons, in den Bars, im Theater, im Garten, am Meer, im Gebirge, in der Menschenmenge, in der Einsamkeit. Dieser starre Blick, jetzt nicht mehr der Blick kalter Abschätzung, sondern unerschöpflichen Genusses, war seine Liebe. Und ich brachte ihm die gleiche Zuneigung entgegen, gemischt aus Dankbarkeit, Exhibitionismus und Unterlegenheit, die die Gegenstände, hätten sie Gefühle, ihrem verliebten Eigentümer entgegenbringen würden.

Dann hörte mein Mann plötzlich auf, mich zu lieben; ich meine, er sah mich nicht mehr an. Wir waren noch zusammen wie zuvor; aber er hatte mich gewissermaßen aus seinem Gesichtskreis entfernt, wie er sonst die Gegenstände aus dem Arbeitszimmer entfernte, wenn er keine Freude mehr an ihnen empfand. Allerdings hatte deshalb seine Zuneigung keineswegs aufgehört, sie war vielmehr sozusagen gewachsen; aber das Eigentumsgefühl spielte dabei keine Rolle mehr, das Gefühl, das die Frau wecken kann, mit der man die letzte Vertrautheit teilt. Kurz, ich war keine Sache mehr; ich war ein Mensch geworden. Eine andere Frau an meiner Stelle hätte diese Wandlung als einen Fortschritt, eine Vertiefung der ehelichen Beziehung vermerkt; mir aber gelang es leider nur, eine Degradierung, einen Verfall, eine Herabsetzung darin zu erblicken. Ja, ich sehnte mich nach der Zeit, da ich nur ein schöner und kostbarer, wie viele andere gekaufter und genossener Gegenstand gewesen war;

und ich haßte es, die Frau zu sein, mit der den Mann menschliche, achtungsvolle, zarte Liebe verbindet.

Ein Jahr nach meiner schmerzlichen Umwandlung von einer Sache in einen Menschen starb mein Mann. Meine Ehe hatte nur drei Jahre gedauert; unsere Beziehung als Gegenstand des Eigentums und als Eigentümer zwei Jahre. Ich war also plötzlich allein, steinreich und leider mehr denn je zuvor Frau, Mensch, ein einzelner Mensch. Ich will nicht mein Leben in diesen letzten Jahren schildern. Wer aufs Geratewohl eine mondäne Modezeitschrift aufschlägt, wird darin mich und mein Leben gebührend fotografiert finden. Ich bin die Skiläuferin auf den verschneiten Hängen von Cortina, die Badenixe im Bikini am Lido, die Jägerin auf der Safari in Kenia, die Fischerin in der Südsee, die Elegante auf den Bällen in New York, die Golfspielerin auf den Golfplätzen von Kent, die begeisterte Besucherin der Stierkämpfe in Madrid, die Spielerin in den Kasinos von Miami, die Touristin in den Ruinen von Persepolis ... und viele, viele andere ähnliche Personen. Wer weiß, wie oft ich gesehen und vielleicht auch beneidet wurde. Aber ich bin nicht zu beneiden; denn es gelingt mir nicht, den Mann zu finden, der mich so liebt, wie ich geliebt werden möchte. Die Art, wie ich geliebt werden möchte, ist ja noch immer die, an die mich mein Mann gewöhnt hatte. Ich bin sozusagen traumatisiert fürs ganze Leben, und wie man sagt, beruht das auf anomalen und allzu frühzeitigen sexuellen Erfahrungen. Kurz, ich möchte bewertet, abgeschätzt, gekauft und genossen werden, wie man einen seltenen und kostbaren Gegenstand bewertet, abschätzt, kauft und genießt. Die anderen Arten der Liebe interessieren mich nicht.

Leider aber waren, als ich mit meiner Mutter in einer Zweizimmerwohnung lebte, die möglichen Schätzer, Käufer und Nutznießer Legion, wie man so sagt; doch jetzt bin ich auf Grund meiner Ehe in die Kategorie der Menschen übergewechselt, die alles kaufen können, während sich keiner den Luxus leisten kann, sie zu seinem Eigentum zu machen. Ich spüre es ganz deutlich: den betörenden, weil kalt abschätzenden Blick, der meine Liebe geweckt hat, als ich arm war, könnte mir jetzt nur einer zuwerfen, der geschaffen wäre, sich nicht allein meiner selbst, sondern auch meines riesigen Vermögens zu bemächtigen. Also ein Mann, der noch reicher wäre als ich und der andererseits das Verlangen hätte, mich zu besitzen. So wird die Auswahl beträchtlich eingeschränkt, ja es besteht fast gar keine.

Ich weiß nicht, was ich tun soll. Zur Bekräftigung dessen, was ich bisher gesagt habe, will ich kurz die Geschichte meiner Beziehung, fast eines Liebesverhältnisses, mit einem jungen Intellektuellen schildern, dem ich zufällig letztens im Hause gemeinsamer Freunde begegnet bin. Seine scharfe Intelligenz, sein außerordentlicher Ernst, vor allem aber die für mich neue Art, Dinge und Personen zu benennen und mit dem gesprochenen Wort zu charakterisieren, machten mich neugierig. Ich sah ihn immer öfter. Meistens verabredete ich mich mit ihm auf einem Platz, er wartete auf mich, ich kam mit meinem Wagen, er stieg ein, und wir fuhren zur Stadt hinaus, manchmal sehr weit. Wir redeten, wir taten nichts als reden. Das heißt, er redete, und ich hörte ihm zu; er sprach so viel und so gut, daß ich mich manchmal bei dem Gedanken ertappte, daß er, wenn Worte Geld wären, gewiß der Mensch wäre, der mich kaufen könnte. Aber leider sind Worte kein Geld; und mein Intellektueller war bettelarm. Natürlich verliebte er sich schließlich in mich; und wie es in solchen Fällen ist, merkte ich es daran, wie er mich ansah. Aber es war eine Art, die mich kalt ließ; die übliche leidenschaftliche Art der Verliebten. Ich hingegen brauchte einen Blick, in dem die kalte und untrügliche Bewertung lag, die auf einem Reichtum beruhte, so groß, daß er ohne Schwierigkeit meinen verschlingen könnte. Nehmen wir an, ich war fünf Millionen wert; der Blick hätte also wenigstens die Macht von fünfzig Millionen haben müssen; unendlich groß war seinerzeit das Mißverhältnis zwischen meiner Armut und dem Reichtum meines Mannes gewesen. So drängte ich meinen Intellektuellen, fast ohne zu überlegen, mechanisch, bei seinem ersten Annäherungsversuch zurück und sagte: »Nein, nein, bitte, zwischen uns kann es nie etwas anderes als eine einfache Freundschaft geben, für einen Liebhaber sind Sie zu arm.« Wir waren auf dem Lande; er sagte nichts; er öffnete die Wagentür, stieg aus und ging davon. Ich rief ihn nicht zurück. Sein Blick in dem Moment, da er mich zu küssen versuchte, hatte nicht die Macht von fünfzig Millionen gehabt, sondern nur die eines mageren väterlichen Monatswechsels. Gewiß, ich hätte mit ihm das tun können, was mein Mann mit mir gemacht hatte: ihn bewerten, kaufen, genießen. Im Grunde ist dies die Rolle, zu der mich nun mein Reichtum verdammt. Aber mein Mann hat mich traumatisiert, wie ich schon bemerkt habe. Ich fürchte, ich werde für immer ein Gegenstand auf der Suche nach einem Eigentümer sein.

# *Ach, die Frauen*

Als ich Erminio, einen Vetter von mir aus Viterbo, der zum ersten Mal nach Rom kam und alles und alle sehen wollte, durch die ganze Stadt schleifen mußte, schlug ich ihm eines Abends vor, ins Kino zu gehen. Wir waren an der Piazza Mastai, und so ging ich zum Kiosk, in der Absicht, eine Zeitung zu kaufen, um nachzuschauen, welche Filme gerade liefen. Fiammetta, die Zeitungsverkäuferin, war gerade dabei, zu schließen und nach Hause zu gehen; doch um mir einen Gefallen zu tun, holte sie aus einem Stapel eine Zeitung heraus und gab sie mir mit der Bemerkung: »Wenn du dich beeilst, brauchst du sie nicht zu bezahlen, ich nehm' sie wieder zurück.« So schlug ich also die Zeitung auf und sagte zu Erminio: »Ich glaube, viel Auswahl haben wir nicht«; doch mit einem Mal bemerkte ich, daß er mir überhaupt nicht zuhörte, sondern Fiammetta anstarrte. Haben Sie Fiammetta jemals gesehen? Wenn Sie sie noch nie gesehen haben, dann gehen Sie zur Piazza Mastai, und dort werden Sie einen großen Kiosk sehen, der vollgehängt ist mit Zeitungen und Zeitschriften, und inmitten all dieser Zeitungen und Zeitschriften gleichsam einen Bühnenrahmen aus Zeitungen und Zeitschriften und in diesem Bühnenrahmen ein Frauengesicht, ein wunderschönes Oval, umrahmt von blonden Locken, mit himmelblauen Augen, einem winzigen Näschen und bezaubernden roten Lippen. Es wirkt wie das Gesicht einer dieser Puppen, die mit den Augen klimpern, ihre kleinen Zähnchen zeigen und Papa und Mama sagen können. Das ist Fiammettas Gesicht, und meistens ist es über irgendeine Illustrierte gebeugt: Da sie den ganzen Tag zwischen Zeitungen und Zeitschriften verbringt, hat sie sich angewöhnt zu lesen. Doch wenn Sie von ihr eine Zeitschrift verlangen, die sie nicht in Reichweite hat, sondern die draußen hängt, kommt sie aus ihrem Kiosk heraus wie ein Puppenspieler aus seinem Häuschen, mit zögernden Schritten, und da werden Sie sich wundern, wie soviel gottbegnadete

Anmut zwischen den Bergen von bedrucktem Papier auf einem Stühlchen zusammengekauert sitzen kann. Denn Fiammetta hat eine herrliche Figur, eben wie eine dieser schönen Puppen, bei der alle Teile perfekt geformt sind, Arme, Schultern, Hüften, Beine und so weiter. Fiammetta war von seltener Schönheit, und wer kennt sie nicht? Und wer weiß nicht, daß sie seit Jahren schon mit Ettore verlobt ist, dem Barmann des Cafés an der Piazza Mastai, der sie von seinem Tresen aus durch die Scheiben von morgens bis abends überwachen kann? Alle wissen es, alle außer eben jemand wie Erminio, der nicht aus dem Viertel, ja nicht einmal aus Rom war, sondern aus Viterbo.

Nun, als ich sah, daß er mir nicht zuhörte, sondern Fiammetta mit deutlich im Gesicht geschriebenem Verlangen ansah, sagte ich mit zusammengebissenen Zähnen: »Fiammetta, das ist mein Vetter Erminio.« Fiammetta stapelte gerade die Zeitungen im Kiosk; doch sie kam heraus, um Erminio die Hand zu schütteln, wobei sie ihm ein strahlendes Lächeln schenkte und ihm zugleich einen zärtlichen Blick aus ihren großen blauen Augen zuwarf: weibliche Koketterie, die Fiammetta jedem reichlich zukommen ließ und der schon seit langem niemand mehr Beachtung schenkte. Doch das wußte Erminio nicht, und er fing sofort Feuer, wie ich an seinem verwirrten Gesichtsausdruck erkennen konnte. Fiammetta hatte unterdessen den Kiosk geschlossen und wollte einen dicken Packen Zeitschriften, der mit einer Schnur zusammengebunden war, vom Boden aufheben. Hilfsbereit sagte Erminio sofort: »Wenn Sie wollen, trag' ich sie Ihnen.« Ein erneutes Lächeln, ein erneuter Blick Fiammettas: »Vielen Dank, aber ich habe einen weiten Weg.« Und er: »Aber ich bitte Sie, es ist mir ein Vergnügen.« Fiammetta blickte zögernd zur Bar auf der anderen Seite des Platzes hinüber, wo man durch die Scheiben undeutlich die kräftige Gestalt von Ettore erkennen konnte, der hinter dem Tresen stand, und war dann einverstanden: »Na schön, also dann, vielen Dank.« Da schaltete ich mich ein: »Und das Kino?« Erminio jedoch, hastig: »Alessandro, wir sehen uns morgen; ins Kino gehen wir ein anderes Mal.« Und so machten sie sich auf den Weg, sie groß, er klein, sie aufrecht und ein wenig steif, wie eine Puppe eben, er ganz ihr zugewandt, es sah aus, als tanzte er Tarantella. Am liebsten hätte ich ihm zugerufen: »Halt dich zurück, engagier dich nicht zu sehr, Fiammetta ist verlobt und wird bald heiraten«; doch dann sagte ich mir, das sei schließlich ihre Sache, zuckte mit den Achseln, überquerte den Platz und betrat die Bar. Während er die Hebel der Kaffeemaschine bediente, fragte mich Ettore, und sein schnurrbärtiges Gesicht (er hat eine Hasenscharte, was ihm ein bedrohliches Aussehen verleiht) war finster: »Wer ist denn dieser Kerl, der da mit Fiammetta weggegangen ist?« Hastig antwortete ich: »Ach, niemand, nur ein Vetter von mir aus Viterbo, morgen früh fährt er wieder weg.« Mit seinen kräftigen Armen drückte er die Hebel herunter und sagte dann: »Fiammetta fällt auf jeden dahergelaufenen Dreckskerl herein ... damit will ich deinen Vetter nicht beleidigen ..., aber langsam könnte sie damit aufhören.«

Ich wohne allein mit meiner Mutter in der Via della Lungarina, in einer Zweizimmerwohnung mit Küche. Für Erminio hatten wir ein Feldbett in die Küche gestellt; um hinzukommen, mußte er durch mein Zimmer. In jener Nacht wartete ich eine ganze Weile auf seine Rückkehr; schließlich verfluchte ich die Vettern aus Viterbo und versuchte einzuschlafen. Plötzlich wurde ich von jemandem geweckt, der mich am Arm rüttelte; automatisch sah ich auf den Wecker, der auf dem Nachttisch stand, und sah, daß es fünf war. Mit einem Ruck setzte ich mich auf und sagte: »Was ist los?« Am Fußende meines Bettes saß Erminio und lächelte mich, wie mir schien, gequält an. Ich sagte: »Bist du verrückt geworden, mich um diese Zeit zu wecken?« Und er: »Ich hab' dich geweckt, um dir etwas sehr Wichtiges mitzuteilen.« »Was gibt es denn so Wichtiges?« »Es ist wirklich wichtig: Ich heirate Fiammetta.« Ich fuhr in meinem Bett hoch und sagte: »Du bist wohl besoffen.« Und er: »Nein, ich bin nicht besoffen. Gestern abend waren Fiammetta und ich ein paar Stunden zusammen, und schließlich ist mir klargeworden, daß sie genau die Richtige für mich ist, und da hab' ich sie gefragt, ob sie meine Frau werden wolle, und sie hat ja gesagt.« »Sie hat ja gesagt?« »Ja, na ja, so gut wie.« »Aber sie ist doch mit Ettore, dem Barmann, verlobt, hat sie dir das nicht gesagt?« »Doch, sie hat es mir gesagt, aber ich hab' ihr klargemacht, daß er nicht der Richtige für sie ist, und da hat sie mich gebeten, ihr noch ein bißchen Zeit zu lassen, damit sie es sich überlegen und mit ihm Schluß machen kann.« Ich sah ihn fassungslos an, ich hatte das Gefühl, immer noch zu schlafen, und alles sei nur ein Traum; ruhig fuhr er fort, es sei sozusagen Liebe auf den ersten Blick gewesen; er und Fiammetta seien geradezu füreinander geschaffen; sie hätten dieselben Vorlieben, sogar das Land liebe sie, und sie würde zu ihm aufs Land ziehen, sobald sie verheiratet seien. Schließlich sagte er: »Also, ich lass' dich jetzt allein. Ich bin die ganze Nacht herumgelaufen, vor Freude konnte ich nicht schlafen, aber jetzt bin ich müde«; und er ging und ließ mich allein, und ich war mir immer noch nicht sicher, ob ich wach war oder träumte.

Am nächsten Morgen ging ich schnurstracks zur Piazza Mastai. Von weitem sah ich im Kiosk Fiammettas blonden Kopf, vornübergebeugt: wie gewöhnlich las sie. Ich ging zu ihr und sagte, während ich ihr das Geld für die Zeitung reichte: »Na, jetzt wird wohl bald Hochzeit gefeiert.«

Sie hob den Kopf und lächelte mir zu: »Nein, so bald noch nicht, in vier Monaten.«

»Na, die vergehen schnell. Ich freu' mich, ich freu' mich wirklich. Es tut mir nur leid, daß du Rom verläßt und uns arme Leute aus Trastevere vergessen wirst.«

Sie riß die Augen auf: »Rom verlassen? Wieso denn das?«

»Na, er wohnt doch in Viterbo.«

»Wer, er?«

»Mein Vetter Erminio.«

»Was hat denn Erminio damit zu tun?«

Plötzlich wurde mir klar, daß da ein Mißverständnis vorlag, und ich erzählte ihr alles. Sie hörte mir zu und sagte dann: »Dein Vetter ist verrückt. Es stimmt zwar, daß wir gestern abend zusammengewesen sind, und es stimmt auch, daß er verrückt genug war, mich schließlich zu fragen, ob ich ihn heiraten will. Aber ich hab' ihm gleich gesagt, daß ich verlobt bin und daß er sich das aus dem Kopf schlagen soll. Schon deswegen, weil ich auf dem Land leben müßte.«

»Aber er hat mir doch gesagt, du wärst begeistert vom Leben auf dem Land.«

»Ach was, keine Spur.«

So stimmte es also vorn und hinten nicht. Fiammetta bemerkte aber schließlich noch: »Wenn ich's mir richtig überlege, dann hat er im Weggehen gesagt: ›Ich kann mich also darauf verlassen, daß du zwischen Ettore und mir wählen wirst‹; und da ich mir den Mund fusselig geredet hatte, um ihm zu erklären, daß davon überhaupt keine Rede sein kann, gab ich ihm keine Antwort und zuckte mit den Achseln. Er wird mein Schweigen als Zustimmung aufgefaßt haben.«

Ich sagte zu ihr: »Du wirst nicht nur mit deinem Schweigen zugestimmt haben, sondern auch mit deinem Mund und deinen Augen, durch dein Lächeln und deine Blicke. Mich würde wirklich interessieren, warum du so kokett bist.«

»Ich bin einfach liebenswürdig, doch nicht kokett.«

Danach ging es weiter, wie es angefangen hatte. Erminio traf Fiammetta und teilte mir dann mit, daß es nun beschlossene Sache sei und daß sie nur noch nicht genau wisse, wie sie mit Ettore Schluß machen solle; Fiammetta dagegen erzählte mir, nichts von alledem sei wahr, Erminio habe ihr Worte in den Mund gelegt, die sie nicht im Traum gesagt habe, und verwechsle Höflichkeit mit Liebe; Ettore seinerseits sah rot und drohte, so waren seine Worte, mit einem Blutbad. Unterdessen sollte ich für meinen Onkel mit einem Lastwagen voll Ziegelsteine nach Terni fahren. Und so sagte ich eines Morgens zu Erminio: »Jedes gute Spiel darf sich nicht in die Länge ziehen, und außerdem muß ich weg. Du kommst jetzt mit mir zur Piazza Mastai, in die Bar, und sprichst dich mit Ettore und Fiammetta aus.« Er erwiderte: »Nichts lieber als das.«

Wir gingen zur Piazza Mastai, und ich holte Fiammetta aus ihrem Kiosk, nahm sie beim Arm, nahm auch Erminio beim Arm und betrat dann die Bar mit den Worten: »Ettore, hier kommt das Brautpaar.«

Es war früh am Morgen, und die Bar war menschenleer. Ettore kam sofort hinter dem Tresen hervor und rief: »He, keine Witze, was für ein Brautpaar?«

»Setzen wir uns«, sagte ich ruhig. »Und jetzt wollen wir die beiden ein bißchen verhören. Erminio, erzähl uns, was Fiammetta dir gestern abend gesagt haben soll.«

Und er, unverfroren: »Sie sagte, sie wisse, daß sie zwischen mir und Ettore zu wählen habe, und ich solle ihr lediglich ein bißchen Zeit lassen.«

»Und du, Fiammetta, was hast du dazu zu sagen?«

»Daß ich ihm genau das Gegenteil gesagt hab'; daß er sich nicht die geringsten Hoffnungen zu machen braucht.«

»Ja, aber du hast es in einem Ton gesagt, als wolltest du mir zu verstehen geben, ich könnte mir doch Hoffnungen machen.«

»Aber nicht die Spur.«

Jetzt trat Ettore, einem Wildschwein ähnlich mit seiner Hasenscharte, die seine weißen Zähne sehen ließ, drohend dazwischen. Er war bis jetzt, die Hände in die Hüften gestemmt, stehengeblieben und näherte sich nun Erminio, hielt ihm seine kinderkopfgroße, geschlossene Faust unter die Nase, drehte sie hin und her, als wollte er sie ihm gründlich von allen Seiten zeigen, und sagte dann: »Hier hast du deine Wahl: entweder meine Faust oder zurück nach Viterbo. Und jetzt hau ab ...«

»Aber ich ...«

»Hau ab, du Mistkerl, sonst gnade dir Gott, auch wenn du Alessandros Vetter bist, der mein Freund ist ...«

Nachdem wir die Bar verlassen hatten, rieb Erminio sich die Hände: »Die Sache ist geritzt. Hast du gesehen, wie sie mich angesehen hat? Und wie sie mir zugelächelt hat? Ich fühle es, ich fühl's, wenn ich jetzt am Ball bleibe, wickle ich sie um den kleinen Finger. Ja, die Frauen: Du kennst sie eben nicht so gut wie ich.«

Ich sagte zu ihm: »Hör mal, warum kommst du nicht einfach mit nach Terni? Wir fahren zusammen und amüsieren uns.«

»Ich bitte dich, doch nicht gerade jetzt, wo sie kurz davor ist, sich zu entscheiden. Ich muß unbedingt bleiben und das Eisen schmieden, solange es heiß ist.«

Kurz und gut, ich fuhr noch am selben Nachmittag alleine los. Ich war drei Tage fort und kehrte am Abend des vierten Tages zurück. Zufällig kam ich an der Piazza Mastai vorbei und sah, wie Fiammetta gerade die Zeitungen vom Kiosk abnahm, um ihn zu schließen, wie sie es jeden Tag um diese Zeit zu tun pflegte. Ich ging zu ihr; und sofort sagte sie zu mir: »Es hat mir leid getan für Erminio. Aber schließlich hat er es ja so gewollt.«

»Was ist denn passiert?«

»Was denn, das weißt du nicht? Ettore und er sind gestern morgen aneinandergeraten. Zum Glück waren ein paar junge Burschen aus der Autowerkstatt hier nebenan da, die sie auseinandergebracht haben. Aber trotzdem hat er ihm einen Faustschlag versetzt, und danach war Erminios Auge zu und rundherum ziemlich blau.«

»Deine Schuld, wärst du nicht so kokett gewesen.«

»Schuld ist er selbst, warum muß er auch so dickköpfig sein? Weißt du, was er noch zu mir gesagt hat? ›Meine Adresse in Viterbo hast du ja. Sobald du dich entschlossen hast, sag mir Bescheid, notfalls auch telegrafisch.‹«

»Na ja, Liebe macht eben blind.«

»Genau.«

Ein paar Monate später fand schließlich die Hochzeit in der Kirche San Pasquale Bailonne statt. Nach der Trauung sollte das Hochzeitsessen in einer Trattoria in der Nähe, in der Via della Lungarina, stattfinden. Ich schlich mich zusammen mit anderen Gästen aus der Kirche, es regnete, und wir gingen ziemlich schnell. Und da hörte ich, wie mich jemand rief: »Alessandro.«

Ich drehte mich um und sah Erminio, der mir aus einem kleinen Gäßchen ein Zeichen machte: »Ich war in der Kirche und hab' die Trauung verfolgt. Ich stand direkt beim Altar.«

»War doch eine schöne Messe, oder?«

»Weißt du was? Sie hatte mich bemerkt, obwohl ich mich hinter einer Säule versteckt hatte. Und direkt bevor sie ›Ja‹ zum Priester sagte, hat sie sich umgedreht und mir zugelächelt. Ach, die Frauen. Ich sag' dir was: Sie heiratet gegen ihren Willen, und wenn ich wollte, könnte ich in einiger Zeit auch …«

Ich sagte zu ihm: »In der Liebe zählt das Gefühl. Laß es

gut sein. Du hast ihr Gefühl. Und was bleibt Ettore? Der Schein.«

Und er, überzeugt: »Das ist wahr. Aber trotzdem: Versteh einer die Frauen.«

»Ja, die Frauen.«

## *Eine ägyptische Königin*

Heute mittag, wir sitzen gerade bei Tisch, äußert mein Mann sich mißbilligend über eine Freundin von uns, die offenbar ihren Mann betrügt. Da fahre ich mit einem Ungestüm hoch, das mich selbst überrascht, denn ich wußte nicht, daß ich durch dieses Thema so in Harnisch geraten kann: »Bist du naiv, was Frauen betrifft – wie alle Männer! Du glaubst, sie seien so, wie sie aussehen! Frauen haben immer so etwas Kindliches, Unschuldiges, nicht wahr? Kein Bart, das Gesicht rund oder sanft oval, große seelenvolle Augen, zierliches Näschen, niedliches Mündchen – sie sind für euch allemal kleine Mädchen, sogar noch die Fünfzigjährigen! Und so täuschen sie euch Männer spielend. Wie kann man sich nur so durch das Äußere irreführen lassen! Als Frau kenne ich die Frauen, und ich kann dir sagen, es gibt keine, auch nicht eine einzige, die nicht falsch, lügenhaft, verräterisch, untreu und unaufrichtig wäre – nur daß sich in der Sicht der Frau diese sogenannte Falschheit verflüchtigt und eine andere Bedeutung hat. Hier liegt das Problem! Falsch sind die Frauen nur im Verhältnis zum Mann, nicht absolut genommen.«

Über seinen Teller gebeugt, lacht mein Mann leise in sich hinein. Schließlich fragt er: »Und was für eine Bedeutung hat diese Falschheit ›in der Sicht der Frau‹, wie du es ausdrückst?«

»Bei ihr hat es die Bedeutung von Ideen und Impulsen, Unabhängigkeit, Selbstverwirklichung, Freiheit, Abenteuer, Lebensfülle – und so weiter.«

»Alles höchst respektable Begriffe. Aber nenne mir ein Beispiel!«

»Ein Beispiel? Tausend könnte ich dir nennen!«

»Eins genügt mir.«

So unversehens beim Wort genommen zu werden, macht mich nervös, ich beiße mir auf die Lippen, schiebe mit den Fingern die Brotkrümel auf dem Tischtuch zusammen.

»Du Pedant, mit deinen Beispielen! Ja, was soll ich … Nun ja. Ich kenne da zum Beispiel eine Frau, sie ist noch jung und sehr schön, die aus lauter Phantasie, aus Unabhängigkeitsdrang, aus Hunger nach Selbstbestätigung, aus Freiheitsbedürfnis, aus Freude am Abenteuer, alles in allem aus Lebensgier, den unglaublichsten Wirrwarr anrichtet.«

»Was für einen Wirrwarr?«

»Nun, sie wurde jahrelang von einem reichen älteren Mann umworben; schließlich wurde sie seine Geliebte, aber unter der Bedingung, daß er ihr nach jedem Zusammensein eine bestimmte Geldsumme gäbe.«

»Das soll ein ›Wirrwarr‹ sein? Das ist doch etwas ganz Simples und leider recht verbreitet.«

»Hör weiter! Dieses Geld gibt sie jedesmal einem zweiten Mann, der jung ist und den sie wirklich liebt. Das Geld aber kommt einer revolutionären Gruppe zugute. Auch der junge Mann liebt sie; aber ihm verweigert sie sich beharrlich. Ihr Verhältnis bleibt rein.«

»Wie – also eine, die sich für die sogenannte ›Sache‹ prostituiert?«

»Aber nein, denn sie liebt ja den jungen Mann und wird von ihm wiedergeliebt. Wenn überhaupt, so prostituiert sie sich für ihn.«

»Also gut. Du hast vorhin gesagt, die Falschheit der Frauen bedeute aus ihrer Sicht Unabhängigkeitsdrang. Von wem wollen sie denn unabhängig werden?«

»Vom Ehemann. Darum geht es doch nur.«

»Was du nicht sagst! Und warum das?«

»Aus einem ganz materiellen Grund: weil man beim Ehemann wohnt, in seinem Haus. Bekanntlich kann der Mensch beinahe auf alles verzichten, nur nicht auf ein Dach überm Kopf. So ist die Frau eben vor allem vom Besitzer dieses Daches abhängig.«

»Also vom Ehemann?«

»Eben.«

»Demnach müßten ja die Frauen desperate Kreaturen sein, die nichts so sehr fürchten, als auf die Straße gesetzt zu werden. Und die sich für solche Abhängigkeit rächen, indem sie das anrichten, was du einen Wirrwarr nennst.«

»Mehr oder weniger ist es so.«

Nach dem Essen legt sich mein Mann zur Ruhe. Er ist älter als ich, könnte mein Vater sein. Und tatsächlich besitzt er auch die beschützende Güte und liebevolle Nachsicht eines Vaters - und, zu meinem Glück, die naiven Illusionen. Für mich freilich ist er, bei aller Sympathie, die ich für ihn hege, weniger ein väterlicher Ehemann als genau, wie ich es ihm erklärt habe - der Eigentümer des Daches, unter dem ich lebe. Eines Daches, das ganze vierhundert Quadratmeter einer Luxuswohnung im obersten Stock eines palastartigen Hauses im Stadtteil Parioli deckt! Ich kann wohl sagen, daß ich von ihm abhänge, denn ich besitze keinen Pfennig, und wenn er mich auf die Straße setzte, müßte ich zu meinen Leuten in die Provinz zurück.

Unter solchen Gedanken gehe ich zum andern Ende der Wohnung hinüber, schließe mich in mein Zimmer ein und führe mit gedämpfter Stimme ein paar Telefongespräche. Während ich telefoniere, schaue ich verlangend durch das offene Fenster zur Terrasse hinaus: Es ist ein bildschöner Sommersonntag. Mein Mann hat in der Stadt zu tun und will, daß ich auch hierbleibe, obwohl es Ferragosto ist - zu meiner geheimen Freude, denn ich verabscheue ländliche Sommerfrischen und alle, die es dorthin zieht. Die Sonne brennt in einem gleißenden Licht, das sich dort, wo es an das unbewegliche grüne Blattwerk des wilden Weins rührt, in Stille umzuwandeln scheint. Es ist so recht ein Sonntag, wie ich ihn liebe.

Nachdem ich mit dem Telefonieren fertig bin, öffne ich den Schrank und suche mir das Kleid für den Nachmittag heraus. Ich wähle etwas Unaufdringliches, Dunkles und Damenhaftes: ein leichtes Seidenkleid, das etwas Schürzenartiges hat, mit Gürtel und zwei Taschen vorne. Dann nähere ich mein Gesicht dem Spiegel, um die Augenwinkel nachzuziehen. So viele haben mir schon gesagt, ich ähnele jener ägyptischen Königin aus der Pharaonenzeit, die in einer berühmten Skulptur verewigt ist. Und wenn ich mir in einem solchen Augenblick wie jetzt im Spiegel begegne, erliege ich selbst dem Zauber meines hageren, glühenden Gesichts mit diesen leuchtenden, undurchdringlichen Augen, der schmalen, schön modellierten Nase und dem herb-sinnlichen Mund. Ich kann nicht widerstehen – ich küsse mein Spiegelbild.

Ich fahre mit dem Aufzug hinunter zum Erdgeschoß, gehe durch die Vorhalle und trete auf die Straße. Ein leichter, frischer Wind erfaßt mich, preßt mir den seidenen Rock an Beine und Leib. Das Auto ist da, geparkt als einziges auf der sonnenüberfluteten Straße, ein Luxuswagen, riesig. Mein Mann sagt immer, ich ähnele der ägyptischen Königin vor allem dann, wenn ich am Steuer sitze, mein archaisches Profil über dem feinen langen Hals gespannt nach vorne gerichtet. Er findet, ich wirke dann vollends wie eine antike Königin in ihrer königlichen Karosse.

Ich lasse den Motor an und entfessele damit ein kraftvolles, metallisches Brummen. Zugleich werfe ich noch einen Blick hinauf zu unserem Palazzo. Alles schläft, zweifellos auch mein Mann. Im dritten Stock blähen sich träge zwei große orangefarbene Markisen im Spiel des Windes und fallen wieder zusammen.

Dan-dan-dan-dan-dan, der Wagen gleitet aus der Nebenstraße in eine lange, gerade Hauptstraße mit Platanen, Trambahnschienen und Häusern mit geschlossenen Fenstern. Alles atmet Stille und Verlassenheit. An den Verkehrsampeln warte ich ganz allein auf den Wechsel von Rot auf Grün. Ich warte geduldig, wenn ich auch eine gewisse Ungeduld verspüre: denn das, was mich ungeduldig macht, gewinnt sogar noch an Reiz, wenn ich mich zur Geduld zwinge.

Dan-dan-dan-dan-dan, der Wagen fährt mit mäßiger Geschwindigkeit durch die große Vorstadtstraße, von einem leeren Ampelübergang zum andern. Ich lenke ruhig, beide Hände auf dem Steuerrad, fast ohne mich zu bewegen. Dann ziehe ich ein Kassettentonband heraus, das mit Strawinskys »Sacre du Printemps«, und schiebe es in den Autorekorder. Es ist gerade die Begleitmusik, die ich jetzt brauche, meine Fahrt durch die Stadt zu skandieren. Ich reguliere die Lautstärke; dann stecke ich mir am Anzünder des Armaturenbretts eine Zigarette an.

Dan-dan-dan-dan-dan, der Wagen überquert den Tiber, fährt über den Piazzale di Ponte Milvio, schraubt sich die

Via Cassia hoch, bis zur Kreuzung mit der Camilluccia, wendet dann nach links. Und jetzt geht es weiter bergan, zwischen den dicht zugewachsenen Gärten unsichtbarer Villen zum Monte Mario hinauf. Eine erste Kurve, eine zweite Kurve, eine dritte Kurve. Ich werfe die Zigarette weg, befeuchte meine ausgetrockneten Lippen mit der Zunge.

Da ist schon das Gittertor. Ich parke den Wagen an einer schattigen Stelle, gehe hinunter, schlüpfe durch die angelehnten Torflügel und gehe ohne Eile auf dem breiten Kiesweg dahin, beide Hände in den Taschen meines Kleides, gesenkten Blickes. Unten auf dem Piazzale sieht das Haus mich kommen, schaut aus drei Reihen geschlossener Fenster auf mich. Ein großer dänischer Hund, rosagrau-weiß, springt herbei und beschnuppert mich wohlwollend, erkennt mich und trottet gemächlich in Richtung eines Treibhauses für tropische Pflanzen davon.

Ah, da zeigt sich schon jemand im Eingang der Villa, zwischen den beiden großen Terracottavasen, die von Geranien überquellen; ein Bedienter. Als ich bis zur Tür gekommen bin, tritt er beiseite und läßt mich eintreten.

Wie lange bleibe ich in der Villa? Sagen wir, anderthalb Stunden. Schließlich gehe ich, wie ich herkam, die Hände in den Taschen und gesenkten Blickes, gehe auf dem breiten Kiesweg zurück. Der dänische Hund kommt wieder angesprungen und beschnuppert mich wohlwollend, erkennt mich und trottet gemächlich in Richtung des Treibhauses davon. Als ich das schwere Torgitter aufdrücke, stelle ich fest, daß die Sonne, die vorhin noch den oberen Teil des Hauses beschien, so weit gewandert ist, daß die ganze Fassade im Schatten liegt. Nun stehe ich auf der Straße; der leichte Wind umfächelt mich, preßt mir die Seide des Kleides an Beine und Leib. Ich steige ins Auto, lasse den Motor an und starte.

Dan-dan-dan-dan-dan, wie wohl man sich jetzt fühlt, nachdem uns gar nicht so wohl dabei war. Wieder wünschte ich, diese Spazierfahrt würde kein Ende nehmen. Und wenn es nur darum wäre, wieder die ägyptische Königin in mir zu spüren, mit dem scharfen Profil über dem feinen Hals, beide Hände auf dem Steuerrad, der Mund gezeichnet von bitterer Erfahrung. Ich schiebe ein neues Tonband in den Autorekorder, diesmal den »Bolero« von Ravel. Der Wagen fährt zur Cassia hinunter, von einer Kurve zur andern. Was für ein wundervoller Tag, ein geradezu berückender Tag. Ich lenke mit nur einer Hand; mit der anderen habe ich alles Mögliche zu tun: Ich zünde eine Zigarette an; ich fahre mit der flachen Hand über mein glattes schwarzes Haar, das im Nacken in einem kleinen glänzenden Knoten zusammengehalten ist; ich schließe den obersten Rockknopf, der offen geblieben ist, ich weiß selbst nicht wie; ich überschlage mit den Fingern die Banknoten in einem großen, schweren Umschlag, der in der Tasche über meiner Hüfte steckt. Was für ein unglaublich beschwingter, luftiger Tag!

Der Wagen fährt über den Piazzale di Ponte Milvio, wendet sich zum Lungotevere, zu dessen Rechter sich die Marmorbauten des Foro Italico erheben. Jetzt schwenkt er auf der Höhe des Obelisken zur Brücke ein, überquert ein paar Ampelkreuzungen, gleitet in gemächlichem Tempo in den spielerischen Schatten der Platanen einer Allee. Hier, irgendwo in dieser Allee, wirft sich eine schöne dunkelhaarige Frau in grünem Trikothemd und langen schwarzen Hosen beinahe vors Auto, um es anzuhalten. Ich bremse heftig; sie tritt nah heran, sagt etwas zu mir; ich nehme den Umschlag mit dem Geld und reiche ihn ihr hin; sie steckt ihn in ihre Umhängetasche, grüßt knapp und geht. Ich starte wieder.

Dan-dan-dan-dan-dan, der Wagen fährt unter den Platanen dahin, macht irgendwo halt. Ich stelle den »Bolero« ab, zünde eine Zigarette an und rauche, ohne mich zu rühren, in Gedanken verloren. Mein Gesicht verrät keine Gefühlsregung, das weiß ich, und ich bin froh, daß es so ist. Als die Zigarette aufgeraucht ist, bringe ich den Wagen wieder in Gang, lenke ihn zum Hügel von Parioli hinauf, bis zu der Straße, in der ich wohne.

Später, nachdem ich geduscht und ein Hauskleid angezogen habe, sitze ich in der tiefen Stille des Sommerabends auf der Terrasse. Mein Mann kommt und setzt sich zu mir, es ist noch vor dem Abendessen. Wieder unterhalten wir uns über die Frauen; meine Geschichte von der Frau mit den zwei Männern – dem wohlhabenden Älteren und dem mittellosen Jüngeren –, die sich dem einen hingibt, um die politischen Aktionen des anderen zu finanzieren, mit dem sie aber keinen intimen Umgang hat, will ihm nicht aus dem Kopf. Und da teile ich ihm das Neueste mit, das ich gerade über diese extravagante Frau erfahren habe: Zur gewohnten Verabredung ist der junge Mann nicht erschienen; zur Geldübergabe hat er ein Mädchen geschickt, vielleicht seine neue Freundin. Meine Bekannte nun muß angesichts dieser Veränderung, die ein heikles Gleichgewicht zerstört hat, ihre Lage von Grund auf überdenken, bevor sie entscheidet, wie sie sich in Zukunft verhalten will.

## *Der Schrank*

Ich habe meinen Mann umgebracht, aus Versehen, eigentlich aus Spaß. Ich habe mit einer Pistole auf ihn gezielt, die ich für nicht geladen hielt, auf den Abzug gedrückt und gesagt: »Jetzt erschieße ich dich. Bum!« Das Dienstmädchen, das bei Tisch bediente, hat gelächelt, als es meine Bewegung sah; und mein Mann hat laut gelacht. Ja, denn anscheinend ist die erste Reaktion ein Lachen, wenn man einen ins Herz schießt. Mein Mann hat gelacht, und dann ist er ganz langsam vom Stuhl geglitten, als löse er sich fallend auf.

Natürlich wurde ich festgenommen, man hat unser Leben durchforscht und herausgefunden, daß mein Mann und ich einander sogar besonders innig geliebt haben. Ich wurde wegen erwiesener Unschuld freigesprochen.

Vorläufig bin ich zu meinen Eltern in die Provinz gezogen. Ich bin ihre einzige Tochter; mein Vater und meine Mutter haben mich gern und sind mir gegenüber sehr rücksichtsvoll: Mein Leben ist zerstört; ich bin das Opfer eines entsetzlichen Unglücks. Das jedenfalls sagen und denken meine Eltern. Sie haben recht. Ich bin tatsächlich das Opfer eines Unglücks, und mein Leben ist wirklich zerstört. Aber das Unglück hat sich vor vielen Jahren ereignet. Und gerade sie sind es, die mein Leben zerstört haben.

Als Kind war ich außerordentlich sensibel und leicht zu beeinflussen. Wenn ich jemanden liebte, dann liebte ich ihn unvermittelt und übermäßig, mein Liebesempfinden stieg wie ein Fieber plötzlich zu höchsten Temperaturen an; und je mehr ich liebte, um so mehr demütigte ich mich, indem ich mich selbst aus meinem Herzen verbannte und den geliebten Menschen darin aufnahm. Dieser Mensch war damals meine Mutter. Lieben ist eigentlich ein zu schwacher Ausdruck: Ich hatte mich so sehr mit ihr identifiziert, daß es mir mitunter, wenn wir zusammen waren, nur eine einzige Person zu geben schien: sie. Meine Mutter kam mir in jenen Jahren sehr unglücklich vor; in Wirklichkeit war sie glücklich, aber auf ihre Weise, nämlich durch ein in gleichermaßen leidenschaftlichen Gegensätzen wie Übereinstimmungen genau abgewogenes Eheleben. Ich verstand das nicht; und wenn ich bei Tisch einen Streit zwischen meinen Eltern erlebte, ergriff ich ungestüm Partei für meine Mutter. Eines Tages durchstieß die Hand meines Vaters mein Blickfeld und landete mit aller Kraft im Gesicht meiner Mutter. Einen Augenblick später waren wir beide in meinem Zimmer. Meine Mutter schluchzte und drückte mich krampfhaft an die Brust; plötzlich rief sie aus: »Mach dich fertig, nimm deine Sachen, zieh deinen Mantel an. Ich gehe den Koffer pakken. Wir verlassen dieses Haus für immer.« Sie eilte hinaus. Mit Feuereifer stopfte ich meine liebsten Spielsachen und ein bißchen Wäsche in eine Tasche, zog den Mantel über und lief dann zum Zimmer meiner Mutter. Die Tür war nur angelehnt; undeutlich erblickte ich auf dem Bett meine Mutter und meinen Vater; sie lagen aufeinander; meine Mutter rief mich mit matter, vergehender, ärgerlicher Stimme beim Namen und befahl mir, in mein Zimmer zurückzugehen.

Ich war gedemütigt, beleidigt, erschreckt und hatte das widerwärtige Gefühl, mich ganz und gar blindlings in unwürdige Hände gegeben zu haben. Ich weiß nicht, was damals geschah. Ich hatte mich unwillkürlich, instinktiv, in zwei Wesen geteilt, von denen das eine, das wahre, echte, selbständig vorhanden war; und das zweite, eine gelungene Nachahmung des ersten, hatte den Auftrag, Beziehungen mit der Welt zu unterhalten. So befand ich mich nicht mehr in der Gefahr, wegen meiner außerordentlichen Sensibilität in einen Menschen hineingezogen und absorbiert zu werden. Es war das andere, das liebte; auch das andere, das enttäuscht war. Ich hielt Abstand, leidenschaftslos, ironisch, und schaute zu.

Ich litt nicht mehr. Dafür fühlte ich mich im Laufe der Jahre immer einsamer; ich hatte keine Verbindung mehr mit den Menschen, ich hatte statt dessen Verbindung mit meinem eigens für diesen Zweck erfundenen und bestimmten anderen Ich. Ich muß anerkennen, daß es sich sehr gut durchschlug: gewandt, tatkräftig, ungezwungen, aggressiv. Aber tätig sein ist eines, dabei zuschauen ein zweites. Aus

Angst vor Demütigungen der Art, wie meine Mutter sie mir zugefügt hatte, verurteilte ich mich zur Erstarrung. Ich sah das andere Ich leben, aber ich lebte nicht. Ich fühlte mich immer mehr isoliert, eingeengt und ohnmächtig. Zu meinem Schutz hatte ich mir eine Festung errichtet. Nun verwandelte sich diese Festung immer mehr in ein Gefängnis.

Ich wurde in eine große Villa auf dem Lande eingeladen. Unter den Gästen war ein junger Mann mit sehr ernstem Wesen, seit kurzem Dr.-Ing., der mir ziemlich schüchtern den Hof machte. Seit Jahren hatte ich mich unter Menschen bewegt, ohne zu jemandem eine Beziehung zu haben. Diesmal sagte ich zu meinem anderen Ich, daß ich es nicht mehr brauchte; ich wollte ich selbst sein, ohne Vermittler und ohne Vollmachten, um zu lieben und geliebt zu werden. Damit man die Heftigkeit meines Verlangens nach Liebe zu ermessen vermag, genügt es zu schildern, wie ich meinen allzu behutsamen Bewerber überrumpelt habe. Eines Abends nach dem Essen war er dageblieben, um Billard zu spielen; ich hatte mich zurückgezogen. Ich ging in mein Zimmer, legte mein schönstes Nachthemd an, lief in sein Zimmer und versteckte mich in seinem Schrank zwischen seinen Anzügen und Krawatten. Vielleicht sollte dieser Schrank, in dem ich im Finstern, mit Zweifel im Herzen, darauf wartete, daß er käme und sich zu Bett legte, das unbewußte Symbol des psychischen Gefängnisses sein, in das ich mich lebend eingemauert hatte. Ich würde zugleich den Schrank und das Gefängnis verlassen und mich in seine Arme werfen. So geschah es tatsächlich. Noch im selben Jahr haben wir geheiratet.

Ich liebte ihn leidenschaftlich; er hingegen liebte mich ganz normal, als zurückhaltender und maßvoller Mann, der er war. Nach einem Jahr Ehe bekam ich vor meiner Liebe Angst. Ich hatte mich selbst aus meinem Herzen verbannt und wie einst meine Mutter nun meinen Mann hineingenommen; von da an identifizierte ich mich vollständig mit ihm und ahmte ihn nach, indem ich mir seine Aussprache zu eigen machte (ich stamme aus der Toskana, er aus Mailand), seine Bewegungen kopierte und mich kleidete wie er, indem ich meine Röcke gegen Hosen austauschte. Beide waren wir blond – er mit ein bißchen längerem, ich mit ein bißchen kürzerem Haar – und trugen die gleiche Kleidung, so daß wir von hinten wie Zwillinge aussahen. Diese mimetische Formbarkeit erschreckte mich. Wenn mir nun mein Mann, dessen Zurückhaltung oft wie Gefühlskälte wirkte, eines Tages denselben Streich spielte wie meine Mutter? Wie würde ich mich verhalten? Was würde aus mir werden? So rief ich kurz entschlossen das andere Ich herbei und sagte zu ihm: »Los, nimm meinen Platz ein. Ich habe zuviel Angst.« Die andere ließ sich natürlich nicht lange bitten. Sie stürzte sich buchstäblich wie ausgehungert auf meinen Mann. So kehrte ich freiwillig in das Gefängnis zurück, aus dem mich die Liebe herausgeführt hatte. Die andere und mein Mann liebten sich. Und ich beobachtete sie, so wie jemand, der aus dem Hause gejagt wurde und nicht wieder hineinkann, sich die Nase an den Fensterscheiben plattdrückt und in der dunklen, kalten Nacht, die ihn umgibt, die helle, warme Bühne des Lebens in den Zimmern sieht, die einst ihm gehörten.

Eine Zeitlang ertrug ich diese Situation; dann entschloß ich mich, mir die andere vom Halse zu schaffen und zurückzukehren, um wieder unmittelbar Beziehungen zu meinem Mann herzustellen. Diesmal aber glückte mir mein Vorhaben nicht; die andere wollte nichts von einem Verschwinden wissen. Ich versuchte, sie im guten zu überzeugen, ich drohte ihr; alles war vergebens. Zwischen meinem Mann und mir stand jetzt die andere mit ihrer Komödie der Leidenschaft; und ich, die ich für meinen Mann ein echtes zurückhaltendes und zartes Gefühl hegte, konnte mit ihr nicht konkurrieren. Mitunter sagte sie boshaft zu mir: »Na schön, ich mache mich davon, du bist frei«; und zitternd und unbeholfen versuchte ich eine erste schüchterne Annäherung; aber mein Mann, der die schamlose Leidenschaftlichkeit der anderen gewohnt war, bemerkte es nicht einmal. Da triumphierte sie: »Siehst du es jetzt ein? Er braucht meine Unaufrichtigkeit, nicht deine Aufrichtigkeit. Laß uns also in Frieden!«

Eines Tages erwähnte mein Mann, als er mit seiner Mutter telefonierte, daß er nach Paris reisen wolle. Ich hörte es im Nachbarzimmer, und ich hörte ihn hinzufügen: »Natürlich nehme ich Silvia mit. Ich kann sie nicht hierlassen. Sie hängt zu sehr an mir. Sie wäre verzweifelt.« Ich war sofort völlig verzweifelt. Mein Mann würde mit der anderen nach Paris fahren. Und ich würde diesmal wirklich allein bleiben. Ohne den zweifelhaften Trost, die beiden zu sehen und zu beobachten, wenn sie sich liebten.

Ich nahm alle meine Kräfte zusammen und trat der anderen in einer freimütigen Aussprache gegenüber. Sie sollte mich mit meinem Mann nach Paris reisen lassen. Sie hatte sich jedenfalls genug mit ihm amüsiert; nun war ich an der Reihe. Ich will die lange Diskussion mit der anderen, die weit logischer und scharfsinniger war als ich, nicht wiederholen. Völlig unerwartet gab sie plötzlich nach. »Na schön, fahr nur nach Paris, aber vergiß nicht, daß ich ihn dir nur für diese Reise überlasse. Sobald du zurück bist, gibst du ihn mir wieder.«

Mein Mann und ich verbrachten acht Tage in Paris; es waren die zweiten Flitterwochen. Vielleicht möchte jemand wissen, wie ich es fertiggebracht habe, die frühere Liebesbeziehung wiederherzustellen. Ganz einfach: Ich habe die Szene unseres ersten Zusammenseins wiederholt. Gleich nach der Ankunft in Paris habe ich meinen Mann unter einem Vorwand aus dem Hotel fortgeschickt; dann habe ich mich ausgezogen, habe mein schönstes Nachthemd angelegt und mich im Schrank versteckt. Und wieder hatte ich die Vorstellung, der finstere, erstickende, muffig riechende und mit Kleidern vollgestopfte Schrank sei das psychische Gefängnis, in das ich mich lebend eingemauert hatte. Ich wartete lange, dann hörte ich meinen Mann zurückkommen und nach mir rufen, und mit einem lauten Freudenschrei stieß ich den Schrank auf und warf mich in seine Arme. Ich war gerettet.

Aber kaum waren wir wieder in Italien, da tauchte die andere auf, gleich auf dem Flugplatz, schob sich neben mich, als wir über die Piste gingen, und verlangte von mir meinen Mann zurück. Ich weigerte mich standhaft. Diese Mörderin (der Augenblick ist gekommen, sie so zu nennen) verläßt am anderen Morgen unter finsteren Drohungen das Haus.

Ich folge ihr, ich sehe sie bei einem Waffenhändler eintreten, eine Pistole kaufen. Ich durchschaue ihren Plan und bin entschlossen, ihn zu vereiteln. Als sie einmal nicht da ist, gehe ich in ihr Zimmer, suche und finde die Pistole, ziehe das Magazin heraus und nehme es mit. Beruhigt setze ich mich mit meinem Mann zu Tisch.

Der Rest ist bekannt. Wir saßen beim Essen, ich schaute meinen Mann mit verzehrender Zärtlichkeit an, und die andere beobachtete uns und verging vor Eifersucht. Dann zog sie die Pistole, zielte auf ihn und sagte: »Jetzt erschieße ich dich. Bum!« Ich rührte mich nicht. Ich wußte, daß es kein Spaß war, wie es scheinen wollte; aber ich war meiner Sache sicher: Die Pistole war ja ohne Magazin. Doch ich hatte nicht mit der Gemeinheit der anderen gerechnet, die vorsorglich eine Kugel in den Lauf hatte gleiten lassen. Der Schuß ging los, und mein Mann sank tot zu Boden.

Wie ich bereits sagte, habe ich behauptet, der Schuß sei aus Versehen losgegangen, und so habe ich die andere vor einer sicheren Verurteilung gerettet. Warum habe ich sie gerettet? Weil ich mir selbst nicht traue, weil mir noch einmal widerfahren könnte, daß ich zu sehr liebe, und dann würde ich sie brauchen. Aber dadurch, daß ich sie rettete, habe ich mich an die Mörderin gebunden. Ich bin ihre Helfershelferin, und ich weiß genau, daß der Mord an meinem Mann nur das erste in einer langen Reihe von Verbrechen ist. Daß sie straf los davonkam, wird sie ermutigen.

Unterdessen suchen meine Eltern einen neuen Mann für mich. Ich zittere um ihn, noch bevor ich ihn kenne. Sobald wir verheiratet sind, werde ich ihn der anderen überlassen und mich zurückziehen müssen; oder ich muß das Risiko auf mich nehmen zu erleben, daß er unter meinen Augen getötet wird.

## *Unbegreiflich*

Agnese hätte mich schließlich auch verständigen können, statt so einfach auf und davon zu gehen ohne ein Wort – und sei es auch bloß das Wort: Verrecke! Ich behaupte ja nicht, daß ich vollkommen bin; und wenn sie mir gesagt hätte, woran ich es fehlen ließ, wäre darüber zu reden gewesen. Aber nein: In den zwei Jahren unserer Ehe hat sie nicht den Mund aufgemacht. Statt dessen hat sie eines schönen Tages einen Augenblick meiner Abwesenheit benutzt, um einfach durchzubrennen – wie ein Dienstmädchen, das eine bessere Stelle gefunden hat. Das geschah vor nunmehr sechs Monaten, und bis heute habe ich noch nicht begriffen, weshalb.

An jenem Morgen hatte ich zuerst auf dem Markt unseres Bezirks Einkäufe gemacht. Ich kaufe gern selber ein, denn ich kenne alle Preise, weiß, was ich will, und es macht mir Spaß, zu verhandeln und zu handeln, zu probieren und zu betasten. Ich erkundige mich mit Vorliebe, von welchem Tier das Lendenstück stammt, das ich kaufen will, und aus welchem Korb der Apfel. Etwas später ging ich dann nochmals fort, weil ich anderthalb Meter Fransen für den Vorhang im Speisezimmer besorgen wollte. Da ich nur eine bestimmte Summe auszugeben beabsichtigte, suchte ich eine ganze Weile, bis ich in einem kleinen Laden in der Via dell'Umiltà das Richtige fand. Als ich wieder heimkam, war es zwanzig Minuten nach elf. Ich betrat das Speisezimmer, um die Farbe der Fransen mit der des Vorhangs zu vergleichen. Sogleich entdeckte ich auf dem Tisch das Tintenfaß, die Feder und einen Brief. Offen gestanden: Was mir zuerst auffiel, war ein Tintenfleck auf der Tischdecke. Da hat doch diese schlampige Person die Decke bekleckst! dachte ich, räumte das Tintenfaß, die Feder und den Brief weg, nahm die Decke ab, trug sie in die Küche und entfernte dort durch kräftiges Reiben mit einem Stück Zitrone den Fleck. Dann kehrte ich ins Speisezimmer zurück, legte die Decke auf und erinnerte mich jetzt erst wieder an den Brief. Er war an mich, Alfredo, adressiert. Ich öffnete ihn und las:

Habe alles saubergemacht. Das Mittagessen kannst Du Dir selber kochen, daran bist Du ja schon gewöhnt. Leb wohl! Ich gehe zu meiner Mutter zurück. Agnese.

Zuerst begriff ich überhaupt nichts. Als ich den Brief aber nochmals durchgelesen hatte, wurde mir klar, daß Agnese davongelaufen war – nach zweijähriger Ehe!

Gewohnheitsmäßig tat ich zunächst den Brief in das Schubfach der Kommode, wo ich die Gasrechnungen und die Korrespondenz aufbewahre. Dann setzte ich mich auf einen Stuhl ans Fenster. Ich wußte nicht, was ich denken sollte; auf so etwas war ich nicht vorbereitet gewesen, beinahe konnte ich es überhaupt nicht glauben. Mitten im Grübeln fiel mein Blick auf den Fußboden, auf eine winzige Flaumfeder, die sich von dem Federwisch gelöst haben mußte, als Agnese zuletzt abgestaubt hatte. Ich hob die Feder auf, öffnete das Fenster und warf sie hinaus. Dann nahm ich meinen Hut und ging.

Während ich die Straße entlangschritt – wobei ich meiner Gewohnheit gemäß darauf achtete, immer nur den linken Fuß auf den Randstein zu setzen –, begann ich mich zu fragen, was ich Agnese wohl angetan haben mochte, daß sie mich in so unfreundlicher, ja geradezu verletzender Weise verlassen hatte. Ich sagte mir: Als erstes wollen wir einmal nachprüfen, ob Agnese mir irgendeine, wenn auch noch so geringfügige Untreue vorwerfen könnte. Keine Rede davon! Ich habe nämlich nie allzuviel für Frauen übriggehabt, ich verstehe sie nicht, und sie verstehen mich nicht. Seit dem Tag meiner Heirat aber kann man wohl sagen, daß Frauen für mich überhaupt nicht mehr existierten. Agnese selbst zog mich deshalb einmal damit auf und fragte: »Wie würdest du dich eigentlich verhalten, wenn du dich plötzlich in eine andere Frau verliebtest?« Darauf gab ich zur Antwort: »So etwas kann gar nicht passieren. Ich liebe dich, und dieses Gefühl wird mein ganzes Leben lang andauern.« Wenn ich daran jetzt zurückdenke, glaube ich mich zu erinnern, daß ihr die Worte »mein ganzes Leben lang« keine Freude machten – im Gegenteil: Sie zog ein langes Gesicht und verstummte.

Als nächstes versuchte ich festzustellen, ob mich Agnese vielleicht wegen des Geldes oder der Art, wie sie von mir behandelt worden war, verlassen hatte. Aber auch bei dieser Frage war mein Gewissen völlig rein. Gewiß, Geld gab ich ihr nur ganz ausnahmsweise. Denn wozu brauchte sie denn Geld? Ich war doch immer zur Stelle und bereit, zu zahlen. Und was die Vergnügungen betraf ... Man urteile selbst: zweimal in der Woche ins Kino, zweimal in der Woche ins Café – und dort war es mir egal, ob sie ein Eis bestellte oder einen einfachen Espresso –, ein paar Illustrierte im Monat und jeden Tag die Zeitung. Im Winter gingen wir sogar dann und wann in die Oper. Im Sommer fuhren wir nach Marino in die Ferien, wo mein Vater ein Haus hat. Nein, in dieser Beziehung behandelte ich sie bestimmt nicht schlecht. Noch weniger konnte sich Agnese darüber beklagen, daß ich ihr nichts kaufte. Wenn sie irgend etwas brauchte – einen Büstenhalter, ein Paar Strümpfe oder ein Taschentuch –, so genügte es, mir das zu sagen. Ich ging dann mit ihr in die Geschäfte, suchte mit ihr den betreffenden Gegenstand aus und bezahlte, ohne mit der Wimper zu zucken. Genauso war es, wenn es sich um Schneiderinnen oder Modistinnen handelte: Jedesmal, wenn sie ein neues Kleid oder einen neuen Hut haben wollte, begleitete ich sie anstandslos. Im übrigen muß ich anerkennen, daß Agnese nicht anspruchsvoll war. Nach dem ersten Jahr unserer Ehe ließ sie sich fast keine Kleider mehr machen; ich selbst erinnerte sie ab und zu daran, daß sie wohl dieses oder jenes anschaffen müsse. Sie antwortete dann meist, die Sachen vom Vorjahr täten es auch noch, und das Ganze sei überhaupt nicht wichtig. So dachte ich mir schließlich, sie sei eben in dieser Beziehung nicht wie andere Frauen und lege keinen Wert darauf, hübsch angezogen zu sein.

Liebesaffären und Geld waren also bestimmt nicht der Grund, weshalb Agnese mich verlassen hatte. Blieb das, was die Advokaten Unvereinbarkeit der Charaktere nennen. Welche Art von Unvereinbarkeit der Charaktere konnte aber zwischen uns bestehen, da es doch in den vergangenen zwei Jahren nicht eine – sage und schreibe: nicht eine einzige – Diskussion gegeben hatte? Wir waren immer beisammen gewesen, und wenn wirklich eine solche Unvereinbarkeit vorgelegen wäre, hätte sie doch zum Vorschein kommen müssen! Agnese widersprach mir ja nie; man kann sagen, daß sie eigentlich überhaupt nicht sprach. An manchen Abenden, die wir daheim oder im Café verbrachten, machte sie kaum den Mund auf. Alles Reden besorgte ich. Ich will es nicht leugnen: Ich rede gern und höre mich gern reden, besonders, wenn ich mit einem vertrauten Menschen zusammen bin.

Meine Rede ist ruhig, regelmäßig, ohne große Höhen und Tiefen, vernünftig und fließend. Wenn ich ein Thema anschneide, pflege ich es gründlich unter allen Gesichtspunkten zu behandeln. Hauptsächlich und am liebsten spreche ich über den Haushalt: über die Preise der Lebensmittel, die Aufstellung der Möbel, die Küche, die Zentralheizung – kurz und gut, über allerlei Belanglosigkeiten. Von diesen Dingen zu reden werde ich nie müde. Deshalb erzähle ich auch oft alles zum zweitenmal, kaum daß ich das erste Mal damit zu Ende bin. Aber, seien wir gerecht, sind das nicht die Themen, über die man sich mit einer Frau unterhalten soll? Worüber soll man denn sonst mit einer Frau sprechen?

Agnese pflegte mir übrigens aufmerksam zuzuhören. Wenigstens hatte ich diesen Eindruck. Nur ein einziges Mal geschah es, daß sie einschlief, während ich ihr das Funktionieren des Badeofens erklärte. Ich weckte sie sofort und fragte: »Hast du dich am Ende gelangweilt?« Darauf antwortete sie, ohne zu zögern: »Nein, nein! Ich bin nur müde. Ich habe heute nacht wenig geschlafen.«

Die meisten Ehemänner haben ihr Büro oder ihren Laden, und wenn sie sich nicht dort aufhalten, gehen sie mit ihren Freunden spazieren. Aber für mich gab es nur ein Büro, ein Geschäft, eine Gesellschaft von Freunden: Agnese. Nie ließ ich sie auch nur einen Augenblick allein, und – so erstaunlich das klingen mag – ich stand auch immer neben ihr, wenn sie kochte. Ich habe nämlich eine Leidenschaft für die Küche. Deshalb band ich mir Tag für Tag vor den Mahlzeiten eine Schürze um und half Agnese bei der Zubereitung der Speisen. Ich tat von allem ein wenig: Kartoffeln schälen, Bohnen abziehen, Schnee schlagen. Und auf die Töpfe achtete ich auch. So gut stellte ich mich dabei an, daß Agnese oft sagte: »Hör mal, mach allein weiter. Ich habe Kopfschmerzen ... Ich lege mich für ein Weilchen nieder.«

Dann kochte ich ohne sie; und mit Hilfe des Kochbuchs war ich auch imstande, neue Gerichte auszuprobieren. Schade, daß Agnese so gar keine Feinschmeckerin war. In der letzten Zeit hatte sie geradezu den Appetit verloren und rührte das Essen kaum noch an.

Einmal sagte sie im Scherz: »Du bist nur aus Versehen als Mann zur Welt gekommen. Eigentlich bist du eine Frau, sogar eine Hausfrau.« Ich muß zugeben, daß daran etwas Wahres ist. Ich koche nicht nur gern, sondern es macht mir auch Spaß, zu waschen, zu bügeln und zu nähen. Und wenn ich gar nichts anderes zu tun habe, liebe ich es, Säume an die Taschentücher zu sticken.

Wie schon gesagt, ließ ich Agnese nie allein, auch dann nicht, wenn ihre Mutter oder eine Freundin sie besuchte. Sogar an den Englischstunden, die sie, Gott weiß warum, nahm, beteiligte ich mich und versuchte, diese schwere Sprache nur deshalb zu erlernen, um ihr nahe sein zu können. Ich hing so an meiner Frau, daß ich mir manchmal direkt lächerlich vorkam. Als ich einmal im Café ein leise geflüstertes Wort von ihr nicht richtig verstanden hatte, folgte ich ihr bis auf die Toilette, wo mich dann jemand vom Personal darauf aufmerksam machte, daß dies die Damenabteilung und daher der Eintritt für mich nicht gestattet sei. Ja, ja, einen Mann wie mich findet man nicht so leicht! Oft sagte sie zu mir, daß sie da oder dort hingehen werde, um mit dieser oder jener Person zusammenzukommen, die mich bestimmt nicht interessieren könne. Ich aber antwortete jedesmal: »Ich begleite dich. Ich habe ja ohnedies nichts zu tun.« Darauf meinte sie stets: »Meinetwegen kannst du mitkommen. Aber ich sage dir im voraus, daß du dich langweilen wirst.« Ich langweilte mich dann keineswegs und versicherte ihr auch nachher: »Siehst du, ich habe mich nicht gelangweilt!« Kurz und gut – wir waren unzertrennlich.

An alle diese Dinge dachte ich, während ich so dahinschritt; und immer wieder fragte ich mich vergebens, weshalb Agnese mir davongelaufen sei. Schließlich stand ich vor dem Geschäft meines Vaters, der einen Devotionalienladen in der Gegend der Piazza della Minerva hat. Mein Vater ist ein noch jugendlicher Mann mit schwarzem, gelocktem Haar, schwarzem Schnauzbart und unter diesem Schnauzbart einem Lächeln, das ich nie verstanden habe. Er ist höchst sanftmütig, ruhig und wohlgesittet - vielleicht deshalb, weil er viel mit Priestern und frommen Leuten zu tun hat. Ich ging also zwischen den zwei Schaufenstern mit Ziborien und Rosenkränzen durch und geradewegs in das Hinterzimmer, wo sein Schreibtisch steht. Wie gewöhnlich saß er über seinen Rechnungen, biß sich dabei in den Schnauzbart und machte ein nachdenkliches Gesicht.

Atemlos berichtete ich: »Papa, meine Agnese ist mir davongelaufen!«

Er blickte auf, und mir war, als lächle er unter seinem Schnauzbart. Dann antwortete er: »Das tut mir leid ... Das tut mir wirklich leid.«

Ich erzählte ihm darauf den Hergang der Sache und sagte zu guter Letzt: »Mir tut es natürlich auch leid ... Aber vor allem möchte ich wissen, warum sie mich verlassen hat.«

Verblüfft fragte er: »Das verstehst du nicht?«

»Nein.«

Er schwieg ein Weilchen, seufzte dann und meinte: »Alfredo, ich weiß wirklich nicht, was ich dir sagen soll. Du bist mein Sohn, ich habe dich gern, ich erhalte dich ... Aber um deine Frau mußt du dich schon selbst kümmern.«

»Natürlich. Aber warum hat sie mich denn bloß verlassen?«

Er schüttelte den Kopf. »Ich an deiner Stelle würde das gar nicht so genau untersuchen ... Was kümmern dich ihre Beweggründe?«

»Die kümmern mich sogar sehr, mehr als alles andere.«

In diesem Augenblick traten zwei Priester ein. Mein Vater erhob sich, ging ihnen entgegen und sagte dabei zu mir: »Komm später wieder. Jetzt habe ich zu tun.« Ich begriff, daß ich von ihm nichts zu erwarten hatte, und ging.

Die Wohnung von Agneses Mutter ist nicht sehr weit entfernt - auf dem Corso Vittorio. Ich sagte mir: Die einzige Person, die mir alles erklären kann, ist Agnese selbst. Daher ging ich dorthin. Ich stieg die Treppe hinauf und ließ mich in den Salon führen. Doch statt Agnese erschien deren Mutter – eine Frau, die ich nicht ausstehen kann, eine Geschäftsfrau mit schwarzgefärbten Haaren, verblühten Wangen, immer lächelnd, duckmäuserisch und falsch. Sie war im Schlafrock und trug eine Rose an der Brust Als sie mich erblickte, sagte sie mit gemachter Herzlichkeit: »Oh, Alfredo, was führt dich denn zu mir?«

Ich antwortete: »Das wissen Sie doch, Mama. Agnese hat mich verlassen ...«

Ruhig entgegnete sie: »Ja, sie ist hier ... Was willst du, mein Sohn, dergleichen Dinge geschehen eben ...«

»Wie? Ist das die Art, in der Sie mir antworten?«

Sie musterte mich einen Augenblick lang und fragte dann: »Hast du's deiner Familie erzählt?«

»Ja, meinem Vater.«

»Und was hat er dazu gesagt?«

Als ob es für sie von irgendwelcher Wichtigkeit wäre, was mein Vater dazu gesagt hatte! Widerwillig gab ich zurück: »Sie kennen ja Papa ... Er hat gesagt, ich solle lieber nicht so genau untersuchen, warum Agnese ...«

»Ein weises Wort, mein Sohn ...«

»Aber schließlich und endlich«, rief ich, nun schon erhitzt, »warum ist sie denn von mir gegangen? Was habe ich getan? Warum wollt ihr mir das nicht sagen?«

Während ich voll Zorn weiterredete, fiel mein Blick auf den Tisch. Auf dem Tisch lag ein Überwurf mit einem gehäkelten weißen Deckchen, und darauf stand eine Vase mit rosa Nelken. Aber das Deckchen befand sich nicht genau in der Mitte. Mechanisch, ohne überhaupt auf das zu achten, was ich tat, nahm ich die Vase hoch und rückte das Deckchen zurecht. Meine Schwiegermutter sah mir lächelnd dabei zu. Dann sagte sie: »Bravo! Nun liegt es wirklich genau in der Mitte! Ich habe es vorhin gar nicht bemerkt, aber du sofort. Tüchtig, tüchtig. Und jetzt ist es besser, wenn du gehst, mein Sohn ...«

Sie war bei diesen Worten aufgestanden. Ich erhob mich ebenfalls. Gern hätte ich sie gefragt, ob ich Agnese sehen könne; aber ich hatte das deutliche Gefühl, daß diese Frage zwecklos gewesen wäre. Auch fürchtete ich, daß ich ihr gegenüber den Kopf verlieren und irgendeine Dummheit tun oder sagen würde.

So ging ich also. Von diesem Tag an habe ich meine Frau nicht mehr wiedergesehen. Vielleicht wird sie eines Tages zurückkommen, denn einen Ehemann wie mich findet man nicht alle Tage. Aber sie kommt mir nicht über die Schwelle der Wohnung, ehe sie mir nicht erklärt hat, warum sie mich verlassen hat.

## *Alter Trottel*

Wenn man gewohnt ist, den Frauen den Hof zu machen, übersieht man leicht jenen gewissen Augenblick, wo die Frauen anfangen, einen wie einen Vater oder gar wie einen Großvater zu behandeln. Das kommt daher, weil jeder reife Mann zwei Köpfe hat: Der äußere weist Falten, graue Haare, schadhafte Zähne, eingefallene Augen auf; der innere jedoch ist jugendlich geblieben - mit glattem Gesicht, dichten, schwarzen Haaren, weißen Zähnen und lebhaften Augen. Und dieser innere Kopf ist es eben, der die Frauen begierig anblickt und glaubt, auch von ihnen angeblickt zu werden, während die Frauen nur den äußeren Kopf sehen und denken: Was will denn dieser alte Narr? Merkt er denn gar nicht, daß er mein Großvater sein könnte?

Kurz und gut, in diesem Jahr hatte sich der Frisiersalon, in dem ich seit dreißig Jahren arbeite, vergrößert. Spiegel und Waschtische waren erneuert worden, Schränke und Wände glänzten frisch gestrichen, und der Chef hatte ein Manikürefräulein eingestellt, das Jole hieß. Neben dem Chef sind wir drei Friseure. Erstens ich. Zweitens Amato, ein dunkler, ernster Mann, der früher Carabiniere gewesen ist. Drittens Giuseppe, ein kleiner beleibter Glatzkopf und um fünf Jahre älter als ich.

Es geschah nun das, was immer geschieht, wenn in einen Kreis von Männern eine Frau tritt: Wir drei schauten öfter als nötig diese Jole an. Dabei war sie ein landläufiger Typ, wie man ihn auf Ansichtskarten findet - üppig, strahlend, mit hübschem Gesicht und schwarzen Augen. Es gibt Millionen, die so aussehen wie sie.

Ich muß hier bemerken, daß ich selbst ein gutaussehender Mann bin: mittelgroß, mit nervösem, blassem Gesicht, von dem die Frauen behaupteten, es sei interessant. Besonders mit meinen Augen kann ich großen Eindruck machen, wenn ich schräg schaue: Dann liegt in ihnen etwas Sanftes, Gefühlvolles und ein klein wenig Skepsis. Das Wirkungsvollste an mir aber sind meine Haare: hell, kastanienfarbig, fein, sauber, schön gewellt - wie eine Flamme. Und überdies trage ich einen Backenbart, der die halbe Wange hinabreicht. Außerdem bin ich immer elegant gekleidet. Während meiner Freizeit trage ich gute Anzüge und dazu passende Krawatten, Socken und Taschentücher. Im Frisiersalon ist mein Kittel so weiß, daß man ihn für einen Arztkittel halten könnte.

Unter diesen Umständen ist es nicht zu verwundern, daß ich stets Erfolg bei Frauen hatte. Dieser Erfolg ist mir auch immer treu geblieben; und deshalb habe ich mich daran gewöhnt, Frauen, die mir gefallen, auf eine gewisse beharrliche und suggestive Art anzublicken - auf eine Art, die mehr sagt als tausend Komplimente. Wenn ich dann nach diesen Blicken ein Gespräch eröffne, kann ich immer feststellen, daß die Frucht bereits reif ist und mir nichts weiter zu tun bleibt, als die Hand auszustrecken und sie zu pflücken.

In unserem Salon hatte ich, was Jole anging, hauptsächlich vor Amato Angst. Er ist zwar nicht interessant und sieht auch nicht sonderlich gut aus, aber er ist jung. Mit Giuseppe dagegen rechnete ich überhaupt nicht. Er ist ja, wie schon gesagt, älter als ich und obendrein ausgesprochen häßlich.

Jole saß immer an ihrem Maniküretischchen in einer Ecke, langweilte sich zu Tode und las stets wieder von vorn die drei oder vier Zeitschriften, die es in unserem Salon gab. Ab und zu manikürte sie sich auch selbst, während sie auf einen Kunden wartete, bei dem sie dies würde besorgen können. Ohne mir richtig darüber im klaren zu sein, sozusagen instinktiv, fing ich an, sie mit meinen Blicken zu verschlingen. Wenn ein Kunde kam und in seinem Sessel Platz nahm und ich ihm mit elegantem Schwung das Frisiertuch umband, warf ich Jole lange Blicke zu. Wenn ich dem Kunden die Haare wusch und mit beiden Händen die eingeseifte Kopf haut massierte, sah ich zu ihr hinüber. Wenn ich mit der Schere an der Frisur des Kunden herumschnippelte, schaute ich sie nach jedem vierten oder fünften Schnitt an. Und wenn Jole sich in ihrer trägen Art bewegte, um zum

Beispiel irgend etwas aus einem Schrank zu nehmen, verfolgte ich ihre Schritte im Spiegel.

Jole war, wie ich gestehen muß, keineswegs flink oder kokett. Im Gegenteil, sie wirkte wie eine große, schläfrige Katze; und ihr Gesichtsausdruck war meistens gleichgültig und dumm. Aber mit der Zeit bemerkte sie doch, auf welche Weise ich sie ansah. Bald ließ sie sich das mit sichtlichem Wohlbehagen gefallen. Dann begann sie ihrerseits, mir Blicke zuzuwerfen. Sie tat dies ohne schlechte Absicht, das lag ihr völlig fern. Sie tat es zwar auffällig und unmißverständlich, aber ausgesprochen ungeschickt.

Da dachte ich schließlich, wie man zu sagen pflegt, daß die Birne reif sei; und am nächsten Wochenende lud ich sie ein, den Sonntag mit mir in Ostia zu verbringen. Sie sagte sogleich zu und meinte nur, ich möge ihren Badeanzug mit Nachsicht beurteilen, denn sie habe zugenommen, und er sei daher ein wenig zu eng. Und ohne jede Spur von Koketterie fügte sie noch hinzu: »Ich bin etwas dicklich geworden, weil ich doch den ganzen Tag hier im Frisiersalon sitze und keine Bewegung habe.« Es war der typische Ausspruch eines naiven Mädchens und gefiel mir deshalb.

Wir verabredeten uns für den folgenden Tag am Ostia-Bahnhof. Ehe ich mich dorthin begab, machte ich sehr sorgfältig Toilette. Ich rasierte mich und behandelte meine Wangen mit Talkumpuder. Die Haare kämmte ich mit einem feinen Kamm, um auch jede Spur von Schuppen daraus zu entfernen. Zuletzt sprühte ich mir ein wenig Veilchenlotion auf die Haare und in das Taschentuch. Ich trug ein Hemd mit offenem Kragen, eine Wüstenjacke und weiße Hosen.

Jole war auf die Minute pünktlich: Um zwei Uhr sah ich, wie sie mir in der Menge der Ausflügler entgegenkam – ganz in Weiß, ein bißchen klein und dicklich, aber jung und appetitlich.

Nachdem sie mich begrüßt hatte, meinte sie: »So viele Leute! Sie werden sehen, wir werden keine Sitzplätze finden und bis Ostia stehen müssen!« Ritterlich, wie ich bin, versicherte ich ihr, ich würde schon einen Platz für sie erobern, sie solle das nur ruhig mir überlassen.

Der Zug fuhr ein. Der Menge auf dem Bahnhof bemächtigte sich eine Art Panik, als sei eine Schwadron Kavallerie drauf und dran, in sie hineinzureiten. Alles schrie. Ich stürmte los, hängte mich an eine Tür und war eben im Begriff, den Wagen zu besteigen, als ein dunkelhaariger junger Mensch mich beiseite stieß und auf diese Art vor mir hineingelangte. Ich stieß zurück, rammte ihm meinen Ellbogen in den Magen, zwängte mich an ihm vorbei und betrat das Abteil. Aber ich hatte mit dem Kerl zuviel Zeit verloren; das Abteil war bereits fast voll, und ich fand nur noch einen einzigen Sitzplatz. Der junge Mann und ich stürzten uns gleichzeitig auf diesen Platz. Ich warf mein Badekostüm drauf und er seine Jacke. Wir prallten beinahe zusammen.

Ich erklärte: »Zuerst war ich da!«

»Wer sagt denn das?«

»Ich sage es!« erwiderte ich und warf ihm seine Jacke ins Gesicht.

In diesem Augenblick erschien Jole und setzte sich sogleich.

»Danke, Luigi!« sagte sie.

Der junge Mann nahm seine Jacke vom Boden auf, zögerte sekundenlang, begriff dann aber, daß er Jole nicht gut von ihrem Platz würde verjagen können, entfernte sich und sagte dabei laut: »Alter Trottel!«

Der Zug fuhr fast unmittelbar danach ab. Ich blieb neben Jole stehen und hielt mich an einem Handgriff fest. Alle meine Freude war wie weggeblasen. Am liebsten wäre ich wieder ausgestiegen und heimgegangen. Diese beiden Worte: »Alter Trottel!« hatten mich genau in dem Augenblick überrumpelt, in dem ich am wenigsten auf sie gefaßt gewesen war. Ich überlegte und sagte mir: Der junge Mensch hat, als er die Worte aussprach, zwei verschiedene Empfindungen gehabt. In dem Wort »Trottel« liegt eine beleidigende Absicht – nun, das ist weiter nicht schlimm; er hat mich eben beleidigen wollen und mich deshalb »Trottel« genannt. Daß er mich aber »alter« genannt hat, ist Ausdruck seiner echten Überzeugung gewesen. Wäre ich nicht fünfzig, sondern sechzehn Jahre alt, hätte er »Lausejunge« gesagt. Mit einem Wort, für ihn wie für alle – Jole inbegriffen – bin ich ein alter Mann. Es spielt gar keine Rolle, ob er mich für dumm,

Jole hingegen mich für gescheit hält. Und es wäre vielleicht auch gar nicht nötig gewesen, daß Jole sich auf den freien Platz gesetzt hat. Der junge Mensch selbst hätte ihn mir nach einer Weile von selbst angeboten - aus Respekt vor meinem Alter.

Diese Vermutung bestätigte sich, als ein Mann, der Jole gegenübersaß und der Szene beigewohnt hatte, sich jetzt vernehmen ließ: »Ungezogener Flegel! Er hätte schon aus Respekt vor dem Alter zurücktreten müssen!«

Ich fühlte mich vereist und verwirrt. Ab und zu griff ich mit der Hand nach meinem Gesicht und suchte in Ermangelung eines Spiegels mit dem Tastsinn zu ergründen, wie alt ich aussähe. Jole merkte natürlich nichts von meinem Gemütszustand.

Auf der halben Strecke meinte sie: »Es tut mir leid, daß Sie stehen müssen!«

Ich antwortete: »Ich bin zwar alt, aber so alt bin ich noch nicht, daß ich nicht eine halbe Stunde stehen könnte.«

Ich hoffte, sie würde protestieren: »Alt, Sie? Aber Luigi, was fällt Ihnen denn ein?«

Dumm, wie sie war, gab sie jedoch keine Antwort, und das diente mir als Bestätigung dafür, daß ich mit meiner Vermutung recht gehabt hatte: Auch sie hielt mich also für alt.

In Ostia angekommen, zog sich Jole zuerst aus. Dann verließ sie die Kabine in einem Badekostüm, aus dem sie fast herausplatzte. Sie war weiß, frisch, fest, jung. Man hätte den Verstand verlieren können.

Darauf betrat ich selbst die Kabine. Als erstes musterte ich mich in dem zerbrochenen Spiegel. Ich war wirklich alt! Wieso hatte ich das zuvor noch nie bemerkt? Ich betrachtete meine trüben Augen unter den tiefen Falten, die weißen Haarsträhnen, die schlaffe Wangenhaut, die gelben Zähne. Ich schämte mich jetzt dieses jugendlichen Hemdes mit dem offenen Kragen, das den ganzen Hals sehen ließ, an dem die Falten um den Adamsapfel herumschlotterten.

Ich entkleidete mich; und während ich mich bückte, um die Badehose anzuziehen, stieg mein Bauch bis zum Magen, um dann wie ein leerer Sack herunterzufallen. »Alter Trottel!« sagte ich aus Wut über mich selbst.

Das sind so die Überraschungen, die das Leben bereithält: Noch vor einer Stunde hatte ich mich für jung gehalten und geglaubt, bei Jole Eindruck schinden zu können; jetzt kam ich mir, dank dieser zwei Worte, so alt vor, als ob ich ihr Vater wäre. Ich schämte mich, ihr im Frisierladen schöne Augen gemacht zu haben. Und dann hatte ich sie auch noch für heute eingeladen! Gott mochte wissen, was sie von mir dachte, wie sie mich sah!

Was sie dachte, erfuhr ich etwas später, während wir uns am Rettungsseil festhielten und von den Wellen des bewegten Meeres überspülen ließen. Bei jeder Woge, die über uns zusammenschlug, blieb mir der Atem weg, und ich sagte mir: Das kommt daher, daß du alt bist!

Sie aber war quietschvergnügt und rief mir plötzlich zu: »Wissen Sie, Luigi, daß ich Sie gar nicht für einen solchen Sportler gehalten hätte?«

»Warum?« fragte ich. »Für was haben Sie mich denn gehalten?«

»Na ja«, erwiderte sie, »ein Mann Ihres Alters geht doch nicht mehr gern ins Meer. Das tun doch nur die Jungen gern!«

In diesem Augenblick kam eine besonders hohe, schaumgekrönte Welle heran; ich fiel auf Jole und hielt mich an ihrem Arm fest. Es war ein harter, runder Arm von wahrhaft jugendlichem, elastischem Fleisch.

Den Mund voller Salzwasser, rief ich ihr zu: »Ich könnte Ihr Vater sein!«

Lachend erwiderte sie, ganz von Schaum umgeben: »Vater nicht ... sagen wir – Onkel!«

Kurz und gut, ich kam aus diesem Bad in solch einem Zustand von Betretenheit und Scham wieder heraus, daß ich nicht einmal mehr die Kraft zum Sprechen hatte. Mir war, als hätte ich eine Art Mausefalle im Mund, die jedesmal erst mit dem Spanner geöffnet werden mußte. Jole ging vor mir her in ihrem nassen Schwimmkostüm, das über den Hüften und über dem Busen in geradezu unanständiger Weise zu eng war. Dann warf sie sich nieder und rollte sich im Sand. Ihr Fleisch war so fest, daß der Sand nicht an ihrem Körper haftenblieb, sondern in Klumpen von ihm abfiel.

Ich setzte mich stumm und niedergeschlagen neben sie und war unfähig, ein Wort hervorzubringen oder eine Bewegung zu machen.

Trotz ihrer an ein Nashorn gemahnenden Empfindungslosigkeit merkte Jole offenbar doch etwas, denn plötzlich fragte sie mich, ob ich mich nicht wohl fühle.

»Ich dachte gerade an Sie«, gab ich zur Antwort. »Wen haben Sie am liebsten – Amato, Giuseppe oder mich?«

Sie dachte in ihrer gewissenhaften Art längere Zeit nach, ehe sie antwortete: »Ach Gott, ihr seid mir alle drei sympathisch.«

Ich ließ nicht locker. »Amato ist jung ...«, meinte ich.

»Ja«, sagte sie. »Er ist jung.«

»Ich glaube, er ist in Sie verliebt ...«, fügte ich hinzu.

Sie antwortete: »Wirklich? Davon habe ich nichts bemerkt.«

Mit einem Wort – sie war zerstreut, als laste irgendeine Sorge auf ihr.

Schließlich sagte sie: »Luigi, mir ist ein Malheur passiert. Mein Kostüm ist hinten geplatzt. Bitte geben Sie mir das Handtuch. Ich will mich anziehen.«

Ehrlich gestanden: Ich war froh über diese Wendung. Ich reichte ihr das Handtuch; sie hüllte sich darin ein und lief in die Kabine. Eine halbe Stunde später saßen wir im Zug, in einem leeren Abteil. Ich hatte den Kragen meines Hemdes in die Höhe gezogen und dachte mir, daß jetzt alles zu Ende sei. Ich war ein alter Mann!

An diesem Tag schwor ich mir, nie wieder nach Jole oder irgendeiner anderen Frau zu sehen. Und diesen Schwur hielt ich auch. Ich hatte allerdings den Eindruck, als sei sie über mein Verhalten ein wenig überrascht. Betrachtete sie mich nicht bisweilen mit einer Art Vorwurf? Aber das bildete ich mir wohl nur ein. Ein Monat verging, und während dieses Monats richtete ich höchstens vier- oder fünfmal das Wort an sie. Sie hatte inzwischen mit Giuseppe Freundschaft geschlossen, der sie wirklich wie ein Vater behandelte, gutmütig und ernst, ohne eine Spur von Hofmacherei. Ich fühlte mich älter denn je, schnitt Haare, rasierte Bärte, steckte Trinkgelder ein und rührte mich nicht.

Als ich eines Tages nach Arbeitsschluß meine Frisierjacke auszog, sagte der Chef ganz freundlich zu mir: »Wenn Sie heute abend nichts anderes vorhaben, dann kommen Sie doch mit uns abendessen ... Ich lade euch alle ein. Jole hat sich mit Giuseppe verlobt.«

Ich sah mich um. Jole lächelte in ihrer Ecke hinter dem Maniküretischchen, Giuseppe lächelte in der anderen Ecke und putzte dabei ein Rasiermesser.

Plötzlich empfand ich eine ungeheure Erleichterung. Giuseppe war älter als ich, Giuseppe war häßlich, und trotzdem hatte Jole Giuseppe vor Amato den Vorzug gegeben!

Mit ausgebreiteten Armen lief ich auf Giuseppe zu und rief: »Meinen Glückwunsch! Meinen allerherzlichsten Glückwunsch!«

Dann umarmte ich Jole und küßte sie auf beide Wangen. Mit einem Wort, der Glücklichste im ganzen Laden war ich!

Der folgende Tag war ein Sonntag, und nach dem Mittagessen unternahm ich einen Spaziergang. Und ich bemerkte, daß ich wieder – wie in früheren Zeiten – die vorübergehenden Frauen von Kopf bis Fuß ansah und ihnen womöglich nachblickte.

## *Tod am Meer*

Ich hatte vor, zwei Freunden den Strand von Torre Astura zu zeigen, und so brachen wir trotz schlechten Wetters am Morgen auf. Der Himmel war bewölkt, und über dem Meer erblickte man zwischen dem Horizont und den Wolken eine Art düsteren, mit Streifen durchsetzten Dunstschleier, der sich auf uns zu bewegte: der Regen. Hinter Genzano kamen wir tatsächlich in den ersten heftigen Regenschauer, doch wir ließen uns davon nicht aufhalten und fuhren weiter unter einem niedrigen, drohenden Himmel eine abschüssige Straße hinunter, von der der Regen nur den Staub fortgespült hatte. So erreichten wir Anzio, eine weißliche Kulisse bombardierter Häuser vor dem Hintergrund des pechschwarzen Himmels, und beschlossen, etwas essen zu gehen, in einem Restaurant mit Blick auf den Hafen, der ebenfalls schwer gelitten hatte. Die Autos hielten direkt vor dem Restaurant, und Benzingeruch mischte sich in den Duft der Suppe, Menschen im Sonntagsstaat saßen an den Tischen und genossen die schwüle Luft, den Benzingestank, die Trümmer, das ölige Hafenwasser, auf dem überall Abfall trieb.

Nach dem Essen brachen wir wieder Richtung Torre Astura auf. Ein Stück fuhren wir am Meer entlang, das heißt an den Ruinen der kleinen Villen, die dort einmal das Ufer säumten; an einer Kreuzung bogen wir auf einen Feldweg ein und rumpelten weiter einen Pinienwald entlang, durch dessen Zweige man das Meer sehen konnte. Eine Hupe ertönte, ich drehte mich um und erblickte einen Wagen, der uns in geringem Abstand folgte. Bedrängt von diesem Wagen, der uns überholen wollte, aber nicht konnte, weil der Weg zu schmal war, fuhren wir immer weiter, während die Pinien nun niedriger und verwachsener, der Sand aber höher wurde. Mittlerweile hatte man einen freien Blick aufs Meer; es war stürmisch, weiß und grau; Welle um Welle warf sich an den Strand. An dieser Stelle beschrieb die Küstenlinie einen Halbkreis, an einem Ende erhob sich auf einem Felsvorsprung die kleine Burg mit dem Turm, die dem Ort seinen Namen gibt. Wir hielten an, weil sich mittlerweile der Pfad im Sand verlor; doch ein Arm, der aus dem Wagen hinter uns gestreckt wurde, gab uns Zeichen weiterzufahren. Das taten wir, aber wie eigentlich nicht anders zu erwarten, war nach wenigen Metern die Fahrt auf den Holzplanken, die am Strand verlegt waren, zu Ende. Die Räder drehten durch, der Wagen steckte fest. Aus dem Auto hinter uns stiegen zwei Männer und zwei Frauen, die uns verärgert aufforderten, endlich Platz zu machen, sie müssten weiter zur Burg. Es entbrannte ein kurzer, erregter Wortwechsel, dann entfernten sich die vier, zu Fuß, und ließen ihr Auto zurück. Alle vier trugen knappe, recht elegante Badeanzüge in lebhaften Farben. So liefen sie in Richtung Burg, während wir rasch in den Wagen stiegen, denn es hatte unterdessen wieder zu regnen begonnen. Wütend warfen sich die Wellen gegen den Strand, liefen fast aus bis zum hinteren Rand. Als der Schauer vorüber war, stiegen wir aus und versuchten vergeblich, den Wagen frei zu bekommen. Irgendwann sahen wir, wie weiter hinten bei den Felsen einige Männer und Frauen aus der Burg auf uns zukamen. Darunter eben jene, die uns in den tiefen Sand getrieben hatten, neben einigen anderen, die ganz ähnlich gekleidet waren. Sie wirkten gut gelaunt und gelassen und unterhielten sich, während sie näher kamen. Einer von ihnen war in Uniform, ein amerikanischer General, wie mir schien. Auch zwei, drei mit Schaufeln ausgerüstete Bedienstete waren dabei. Als sie bei uns waren, trat jener, der mir der Hausherr zu sein schien, zu uns und erklärte, man müsse unser Auto so rasch wie möglich aus dem Sand befreien, denn der General müsse mit seinem Dienstwagen vorbei, und einen General könne man schließlich nicht warten lassen. Das schien ihre größte Sorge zu sein. Die Männer mit den Schaufeln machten sich an die Arbeit, während sich die anderen über den Strand verteilten, farbenfroh wie Papageien mit ihren bunten Badeanzügen unter dem schwarzen Himmel. Plaudernd warteten sie in eleganter, träger und gleichgültiger Haltung darauf, dass wir mit unserem Auto wegfuhren. Immer wieder war zu vernehmen, der General müsse vorbei, der General könne nicht warten, der General sei in Eile, und ich kam nicht umhin, mir diesen General genauer anzusehen, der sich nur ein wenig entfernt mit einer Frau unterhielt. Ich drückte dem Hausherrn gegenüber mein Bedauern aus, und dieser antwortete gelassen, wirklich schlimm sei nur der Tod. Und in der Tat, fuhr er fort, habe gerade eben noch, vor gerade mal einer Stunde, einer seiner Gäste den Tod gefunden; dort im Meer sei er ertrunken. Die Nachricht traf mich vollkommen unvorbereitet, war sie mir doch so beiläufig, wie zufällig, unterbreitet worden, als sei sie sozusagen durch den Lieferanteneingang hereingekommen. Ich war verunsichert, glaubte, nicht richtig verstanden zu haben, und in dieser Unsicherheit wurde mir plötzlich alles ganz unwirklich: der im Sand feststeckende Wagen, die jungen Menschen in ihren bunten Badeanzügen, der General, die Burg. Da ich meinen Ohren immer noch nicht traute, trat ich auf einen der jungen Männer in der Badehose zu und fragte ihn, ob es stimme, dass einer von ihnen ertrunken sei. Er antwortete, das entspreche leider der Wahrheit, und fügte hinzu, bei dieser Wetterlage sei die Strömung gefährlich, sie ziehe aufs offene Meer hinaus: Wir sollten nur ja aufpassen, wenn wir baden wollten. Ich fragte, wer der Tote sei, und er antwortete, er heiße Mario P... Der Name kam mir bekannt vor, und ich überlegte, wo ich ihn schon einmal gehört hatte. Dabei fiel mir ein, dass ich vor einigen Jahren schon einmal in einem Salon von ihm hatte sprechen hören: Er galt als höchst eleganter Mann von erlesenem Geschmack und war überall bekannt in den mondänen Kreisen der Stadt, also eine Art arbiter elegantiarum, und, wie ich mich zu erinnern glaubte, auch ein hochrangiger Diplomat. In jenem Salon plauderte man in einem neidischen Lästerton über ihn, denn die Leute waren recht snobistisch und bewunderten ihn, ohne ihn wirklich zu kennen. Ich erinnerte mich, dass ich damals dachte, ich würde ihn vielleicht einmal kennenlernen. Doch dies war ja nun ausgeschlossen. Aber auch seine Leiche würde ich nicht sehen können, da der Körper, wie mir mein Gesprächspartner mitteilte, von der Strömung weggetrieben und bislang noch nicht gefunden worden sei. Und mit einem Mal überkam mich wieder, stärker noch als in dem Moment, als ich von dem Unglück erfuhr, dieses Gefühl der Unwirklichkeit. Das Bild von Eleganz mischte sich mit dem des Todes, machte ihn nebensächlich, ja ästhetisierte ihn sogar in gewisser Weise. Die Gleichgültigkeit, mit der die Freunde des Ertrunkenen reagierten, nahm dem Tod alles Schicksalhafte. Er wurde zufällig, denn der Zufall beginnt ja genau dort, wo keine Gefühle mehr im Spiel sind. Ich blickte aufs Meer hinaus, das sich wütend gegen den Strand warf, und sagte mir, daß irgendwo dort draußen der Körper des Toten im Wasser trieb, die Augen geschlossen, hin und her gewirbelt von der reißenden Strömung. Immer weiter hinaus trieb er, größeren Tiefen zu oder aber den Küstenstrich entlang, mal unter-, mal auftauchend unter dem stürmischen Himmel. Mir gelang es nicht, den Gedanken an diesen Toten, den man ohne Trauer den Wellen überließ, von jenem an die heiteren Gesellschaften zu trennen, in denen dieser Mann über viele Jahre seines Lebens geglänzt hatte. Und dieses Schicksal, allein und ohne Begräbnis zu sterben, kam mir für einen Menschen, der so viele Freunde gehabt und so viele Frauen geliebt hatte, sehr menschlich vor. Die trockenen Wimpern all dieser Leute, die darauf warteten, dass unser Wagen freikam, stand im Einklang mit dem gesellschaftlichen Erfolg, der dem Toten zu seinen Lebzeiten zuteil geworden war; denn Vergnügungen verbinden nicht, und wenn sie verbinden, ist dieses Band gewiss nicht aus echter Zuneigung geknüpft. Andererseits war ich auch geneigt, dieses gleichgültige Verhalten zu entschuldigen, wenn nicht gar zu rechtfertigen. Denn ich dachte, der Tod habe sein Opfer zufällig gewählt, und wäre ein anderer aus der Gruppe gestorben, hätte die Reaktion nicht anders ausgesehen. Kurzum, eins bedingte das andere, und diese Leute schienen das dunkel zu spüren. Wieder dachte ich, wie schwer es war, in solchen Fällen die richtige Haltung zu finden, erweist sich doch die Eleganz, mit der man im Leben auftreten kann, als vollkommen unpassend, um dem Tod zu begegnen.

Ein Motor heulte auf und riss mich aus diesen Überlegungen. Ich hob den Blick und sah unseren Wagen, der, endlich befreit, langsam wegfuhr, um gleich darauf etwas abseits des Weges wieder anzuhalten. Sogleich kam Bewegung in die Gruppe; ich hörte Stimmen: »Der General … jetzt kommt der General endlich vorbei … der Wagen des Generals …« Und wie aus dem Nichts tauchte nun ein amerikanischer Straßenkreuzer auf, bog auf den Pfad ein und blieb stehen. Gefolgt von zwei Frauen, trat der General auf seinen Wagen zu. Es handelte sich um einen Mann mittleren Alters, mit einer breiten Schirmmütze, der sicher, wie ich dachte, schlechter Laune war, weil ihm Mario P. mit seinem Tod den Ausflug ans Meer verdorben hatte. Er stieg in den Wagen, und mit selbstgefälligen Mienen nahmen die beiden Frauen an seiner Seite Platz. Majestätisch brummend fuhr der Wagen an uns vorbei, entfernte sich, eingehüllt in eine Sandwolke, und verlor sich schließlich zwischen dem Pinienwald und den Dünen. Gleich darauf folgten drei, vier weitere Wagen. Alle Ausflügler flohen den Strand. Das Meer hatte ihnen einen Gefährten entrissen, und es war menschlich, dass sie nichts Eiligeres zu tun hatten, als der See ihre Beute zu überlassen und das Weite zu suchen. Dieser Tod ohne Kirche und Kerzen, ohne Sakramente und Totenbahre, ohne Priester, Orgel, Gesang und Segen und ohne Predigt, dieser Tod ohne Zeremonie und Zierrat hatte sie überrascht. Er hatte ihnen keine Zeit gelassen, eine passende Haltung dazu einzunehmen, hatte sie fortgejagt. Und sie flohen, weil dies unter vielen Möglichkeiten die einzige war, die ihnen in den Sinn kam.

Wir aber blieben, legten die Kleider ab und machten einen langen Spaziergang am Meer entlang, sammelten Muscheln und unterhielten uns. Der ertrunkene Mann gab uns Anlaß, über den Tod zu sprechen. Ich sagte, der Tod im Meer sei allen anderen Todesarten vorzuziehen, weil er der sauberste sei. Denn das Salzwasser zersetze den Körper gründlicher als Feuer oder Erde, und wenn das Meer Knochen wieder freigebe, die es lange in seinem Schoß gehütet hat, seien diese leicht und sauber wie Zweige mancher weißer Seepflanzen unter der Wasseroberfläche. Einer meiner Freunde sprach sich für die Erdbestattung aus, der andere fürs Verbrennen im Krematorium. Da plötzlich sahen wir nicht weit vom Ufer etwas zwischen den Wellen treiben. Sogleich dachten wir an den Toten, dabei war es bloß ein alter Regenmantel, schwarz und zerschlissen, den gleich darauf schon eine Welle an den Strand warf, wo er, so als wolle er sich in der Sonne trocknen lassen, mit ausgebreiteten Armen liegenblieb.

## *Ein Morgen voller Pech*

Ich gehe aus dem Haus und bemerke, daß ich mit dem linken Fuß zuerst auf die Straße trete. Der Himmel ist grau, und die entsetzlich schwüle Luft lässt Regen erwarten. Der Straßenfeger, der faul seinen Besen durch den Staub hin und her zieht und Laub, Papierschnipsel und Tüten zusammenfegt, legt den Zeigefinger an die Mütze und sagt: »Schlechten Tag, und viel Pech dann.«

Ich beachte ihn nicht weiter und gehe meiner Wege. So gelange ich zu unserer Pfarrkirche, einem modernen Gebäude in nachgebauter Romanik. Vor der Steintreppe hat sich eine kleine Menschenmenge versammelt; festlich gekleidete Leute rangeln mit Küßchen und Umarmungen um eine Braut in Weiß, neben ihr der Bräutigam mit Zylinder und schwarzem Anzug. Der Anblick einer Hochzeit stimmt mich immer fröhlich. Es kommt so selten vor, daß sich Menschen über das Glück anderer freuen. Doch sowie ich einen Moment stehenbleibe, dringen Glückwünsche folgenden Tenors an mein Ohr: »Unglück und Zwietracht! Auf daß ihr euch nie verstehen werdet! Auf dass eure Ehe kinderlos bleibe! Unheil und frühe Witwenschaft!«

Die Sache wird allmählich ernst, denke ich; gewiß, solch schlechte Wünsche sind noch nicht die Realität, aber zu einer Hochzeit gehören einfach Glückwünsche. Wo soll das bloß noch hinführen? Jedenfalls beschleunige ich meine Schritte, springe wahllos in einen Bus, verschaffe mir Platz in der Menge. Über die Köpfe der anderen Fahrgäste hinweg grüßt mich ein lieber Freund überschwänglich mit folgenden Worten:

»Krankheit, lieber Alberto.«

»Dir auch«, murmele ich und setze mich erst mal.

Es ist entsetzlich heiß. Mein Hemd ist schweißdurchtränkt, Kragen und Manschetten ersticken mich mit ihrer Feuchtigkeit. »Heiß heute«, sage ich zu dem Mann neben mir. Und der erwidert: »Ja, und dann steigt man aus dem

Bus aus, steht im Wind, holt sich eine Lungenentzündung – und das war's.«

»Ein schlechter Tag, ein wirklich schlechter Tag«, sage ich zu mir. Zum Glück sehe ich, als ich aus dem Bus steige, daß man die Piazza Colonna der heutigen Zeit angemessen umgestaltet hat. Da steht nicht mehr die Säule mit den eingemeißelten Großtaten der römischen Geschichte und der großen Statue oben auf der Spitze. Statt dessen erhebt sich ein spiralförmiges Horn* von kolossalen Ausmaßen, bestimmt vierzig Meter hoch, in einem Gelb, das in Schwarz übergeht, über den umstehenden Häusern. Die Spitze reicht bis in den Himmel. Die Römer, die daran vorbeigehen, klopfen daran. Ich tue es ihnen mit einer gewissen Erleichterung nach. Und dann schimpfen immer alle über die Stadtverwaltung, denke ich indigniert.

Doch was kann schon ein einziges Horn, wenn auch von ungewöhnlichen Ausmaßen, gegen Hunderte, ja Tausende von Verwünschungen ausrichten? Kein Freund oder Bekannter, dem ich begegne, der mich nicht auf diese oder ähnliche Weise grüßen würde: »Mögest du stürzen und dir ein Bein brechen.« »Du trägst den Tod im Gesicht.« »Lebend erreichst du diesen Abend nicht.« »Das Pech möge dir treu bleiben«, und dergleichen mehr. Niedergeschlagen setze ich mich auf den Rand eines Springbrunnens. Kinder spielen dort, und ich höre sie mit silberhellen Stimmen rufen: »Eins, zwei und drei, der Tod ist schon dabei.«

Eine schwarze Katze läuft mir dann in der Gegend der Piazza Venezia, wo mehr Platz ist, über den Weg. Sie ist ungeheuer groß, und im ersten Moment erstarre ich vor Schreck. Sie macht einen Buckel und reibt dabei ihren Kopf an der bronzenen Quadriga des Vittorio-Emanuele-Denkmals, während sie mit dem Schwanz das Kapitol tätschelt. Zwischen ihren Beinen, diesen schwarz samtenen Säulen, fahren, klein wie Spielzeuge, die Autos in Richtung Via del Mare hindurch. Schwarz wie Kohle hebt sie sich von dem Zuckerweiß des Denkmals ab. Ihr runder Kopf mit den langen, halb geschlossenen grünen Schlitzen füllt den ganzen

* Gilt in Italien als Glücksbringer, Anm. d. Übers.

Himmel aus. So reibt sie sich an dem Denkmal und miaut und schnurrt dabei so laut, daß ich mir die Ohren zuhalte. Aber ist das überhaupt Katzenschnurren oder die mittägliche Alarmsirene? Jedenfalls ist es zwölf Uhr.

Während ich meine Uhr aufziehe, berührt mich jemand am Ellbogen. Ich drehe mich um und sehe den Pförtner meines Hauses, mit der Mütze in der Hand. »Was gibt's?«, frage ich. Er blickt mich eine Weile schweigend an und antwortet dann zischend. »Das Haus brennt.«

»Das war nicht anders zu erwarten«, sage ich mir. Ich laufe zu einem Taxi, springe rein und rufe dabei meine Adresse. »Möget ihr alle sterben«, sagt der Taxifahrer zu seinen Kollegen, mit denen er sich unterhalten hat. »Bis heute Abend dann auf dem Friedhof.« Ich schreie ihm zu: »Schnell … schnell … mein Haus brennt.« Und er kopfschüttelnd, indem er den Motor anstellt: »Zu spät, das ist schon eingestürzt.«

Das Taxi hat die Nummer siebzehn, aber darauf kommt es jetzt nicht mehr an. Es fährt trotzdem, ja, es fährt so schnell, daß ich allmählich Angst bekomme, wir könnten in voller Fahrt mit einem anderen Wagen zusammenstoßen. Aber da ist endlich mein Viertel, meine Straße, mein Haus, das allerdings nicht in Flammen steht.

Ich trete ein und rufe: »Feuer.«

Das Dienstmädchen blickt mich verdutzt an. »Was für ein Feuer?«

»Na, es brennt doch …«

»Hier brennt gar nichts«, meint sie, »aber haben Sie die Sonnenfinsternis gesehen? Einen Moment lang war die ganze Welt schwarz.«

## *Das leichte Leben*

Gegen September, vielleicht durch den Einfluß des hartnäkkigen und bösartigen Schirokko, kamen all meine Untaten ans Tageslicht. Ich wurde vom Vulkanisierbetrieb entlassen; Olga, meine Frau, kam dahinter, daß ich etwas mit Fulvia, ihrer Kusine, hatte, und so verlor ich Fulvia, ganz zu schweigen von dem, was ich mir von Olga anhören mußte; eine Autowerkstatt, die in Kürze eröffnen sollte und versprochen hatte, mich als Mechaniker einzustellen, machte ohne mich auf und brach so ihr Wort; zur gleichen Zeit teilten mir, als hätten sie sich verabredet, der Tabakhändler, der Lebensmittelhändler, der Bäcker, kurz und gut, sämtliche Geschäftsleute im Viertel mit, sie könnten mir keinen Kredit mehr gewähren; und zu guter Letzt wurde mir auch noch, wegen rückständiger Miete, die Wohnung gekündigt. Genügt Ihnen das? Wenn nicht, dann hier die Zugabe: Ich leide unter Heuschnupfen, und gerade in jenen Tagen begann ich zu niesen, es fing schon früh am Morgen an und hörte bis in die Nacht nicht auf. Währenddessen dauerte der römische Septemberschirokko an: Mal goß es aus schwarzen Wolken, die sich jedoch nie wirklich ausregneten, mal kam eine strahlende Sonne heraus, grausam und brennend, falsch wie eine Messingmünze. Und es war immer heiß, ganz gleich, ob es regnete oder die Sonne schien; es war eine klebrige Hitze, wie in einer Waschküche, als wäre Rom ein einziger Waschtrog voll schmutziger Wäsche. Es kam mir so vor, als hätte sich diese Hitze mit meinem Unglück verbündet, um mir das Leben immer schwerer zu machen.

Jeder im Viertel, der etwas gegen mich hatte, sang die gleiche Leier: Du bist bekannt wie ein bunter Hund. Alle wußten, daß ich ein Faulpelz, ein Nichtsnutz war, niemand hatte mehr Vertrauen zu mir. Da gibt es diese typisch römische Anekdote von einem schlauen Bauern, der einen Esel mit einer Macke verkauft hat; und gerade dieser Esel wird ihm auf dem Markt wieder angeboten; und da legt er seinen

Mund an das Ohr des Esels und flüstert ihm zu: »Dich soll kaufen, wer dich nicht kennt.« Eine Geschichte aus vergangenen Zeiten, als Rom noch ein Dorf war und die Bauern hierherkamen, um ihre Tiere feilzubieten; doch auf mich paßte die Geschichte immer noch. Ich war jener Esel mit der Macke, und alle kannten mich, und niemand wollte mich mehr kaufen. Das sagte mir auch Giovacchino, der einzige Freund, der mir noch geblieben war: »Attilio, hier in Trastevere bist du erledigt. Ein Luftwechsel täte dir gut.« Ich fragte: »Wo soll ich denn hingehen?« Er erwiderte: »Wohin du willst. Warum gehst du nicht nach Mailand? Dort kennt dich keiner: andere Leute, andere Luft.« Ich sagte: »Aber was hat ein Römer denn in Mailand zu suchen? Gar nichts.« Und er: »Na ja, wenn du unbedingt in Rom bleiben willst, dann wechsle wenigstens das Viertel.«

Nun, inmitten all des Unglücks war mir gerade in jenen Tagen auch ein glücklicher Zufall zu Hilfe gekommen. Olga wurde ganz plötzlich in ihr Dorf gerufen, wo ihr Großvater lebte. Dieser Großvater war nun gestorben und hatte ein Stück Land hinterlassen, und dieses Land hatten sie verkauft, um es zwischen den Erben aufzuteilen; und Olgas Anteil belief sich auf etwa vierzigtausend Lire. Olga, die Ärmste, gab sie mir, und auch sie sagte: »Attilio, hier kannst du nicht mehr bleiben. Ich habe hier meine Arbeit als Krankenschwester, aber du hast nichts. Warum versuchst du nicht, nach Mailand zu gehen?« Schon wieder dieses Mailand. Doch ich tat so, als wäre ich einverstanden, und sagte, ich würde fahren. Giovacchino hatte mich auf die Idee gebracht: Statt nach Mailand würde ich nach La Storta gehen, an der Cassia, zwanzig Kilometer von Rom entfernt.

Zufällig schlug auch am gleichen Tag, an dem ich mit dem Bus nach La Storta fuhr, das Wetter um. Von den Bergen wehte die Tramontana, fegte die Wolken weg, reinigte den Himmel und brachte die Sonne und die Kühle zurück. Sofort war auch wie durch Zauberhand mein Heuschnupfen verschwunden, und so fühlte ich mich, als ich in La Storta ausstieg, wie ein neuer Mensch. Nein, ich war ein neuer Mensch. Denn in dem Augenblick, als ich in der Osteria di Nerone, etwas unterhalb von La Storta, abstieg, legte ich mir sofort einen neuen Namen zu: Luigi. In der Osteria gab ich an, krank gewesen zu sein und zur Erholung frische, saubere Luft zu brauchen; und die guten Leute gaben mir ein Doppelzimmer, das so ausgeschmückt und vollgestopft war, daß es an eine Marienkapelle erinnerte. So begann mein Aufenthalt in La Storta.

In Trastevere war mir das Leben schwer erschienen, doch hier in La Storta, wo mich niemand kannte und ich niemanden kannte, erschien es mir von Anfang an sogar zu leicht. Ich fühlte mich ungebunden und frei; mir war, als hätte ich keinen Vornamen, keinen Nachnamen und keinen Beruf mehr. Nicht, daß ich allein gewesen wäre: Indem ich die Bar und die anderen Lokale von La Storta besuchte, lernte ich sehr schnell alle kennen, und alle kannten mich. Doch sie kannten mich sozusagen rein äußerlich; sie wußten nichts von mir, und ich wollte nicht, daß sie etwas erführen, immer aus Furcht, mein Leben könnte so schwer werden wie in Trastevere. Doch die Menschen sind bekanntlich neugierig und geben sich nicht damit zufrieden zu sehen, daß ein Mensch ein Mensch ist, mit zwei Armen, zwei Beinen und einem Kopf. Und daher begann ich Lügen zu erzählen, um meine neuen Freunde, Lastwagenfahrer, die jungen Leute von der Tankstelle, Jäger, Bauern, nicht vor den Kopf zu stoßen. Sofort stellte ich fest, daß mein Leben, das bereits leicht war, mit jeder Lüge immer leichter, ja geradezu federleicht wurde. Was erzählte ich nicht alles, von der Leichtigkeit berauscht wie von starkem Wein? Daß ich Junggeselle sei; daß ich eine schöne Werkstatt in Rom besäße; daß ich in Amerika zum Arbeiten, in Afrika im Krieg und in Frankreich zum Vergnügen gewesen sei; daß ich Englisch und Französisch spräche; daß ich Schwimmer, Boxer, Fußballspieler sei; und so weiter. Was ist Lügen doch für eine schöne Sache. Ich log zum ersten Mal in meinem Leben und hatte das Gefühl, daß es nicht wirklich Lügen seien, das heißt Unwahrheiten, sondern viele kleine Schritte hin zur Leichtigkeit, zur Freiheit. Tatsächlich sind Lügen ja nur Lügen im Vergleich zur Wahrheit, doch meine Wahrheit, die hatte ich in Rom zurückgelassen, wo sie auf dem Pflaster von Trastevere vermoderte, und hier in La Storta war ich ein anderer, ja, ich war sogar nichts, und im Vergleich mit nichts sind auch die Lügen keine Lügen mehr, sondern ebenfalls nichts, also Rauch, Nebel, ein Lufthauch, der sich regt und im nächsten Moment verschwunden ist. Und indem ich Lügen erzählte und meine vierzigtausend Lire ausgab, ohne irgend etwas zu tun, die Oktobersonne genoß, Karten spielte, Wein trank und den Autos zusah, die auf der Cassia vorbeifuhren, wurde mir das Leben wirklich leicht, wie eine Wolke im Wind.

Ich sagte, daß Lügen nicht wirklich Lügen sind, bis sie nicht mit irgendeiner Wahrheit konfrontiert werden. Nun, wenn ich mich darauf beschränkt hätte, Lügen zu erzählen, ohne irgend etwas anderes zu tun, einfach gar nichts, wäre mein Leben in La Storta auch weiterhin leicht geblieben; und wer weiß, wohin mich diese Straße der Leichtigkeit noch geführt hätte. Doch leider machte ich einen Fehler: Statt mich damit zufriedenzugeben, Märchen zu erzählen, tat ich etwas, das heißt, ich ließ mich mit jemandem ein. Und genau in dem Augenblick, da ich das tat, wurde ich etwas, und meine Lügen wurden wirklich zu Lügen. Und mein Leben, das niemals so leicht gewesen war, wurde mit einem Mal schwer, schwerer als in Trastevere.

Ich tat das Übliche, das, was alle tun: Ich verliebte mich in Maria, die Tochter des Besitzers der Osteria. Maria war nicht mehr ganz jung, wohl schon über dreißig. Und sie war nicht einmal mehr ein Mädchen: Mit sechzehn hatte sie einen Bauern aus der Gegend geheiratet und von ihm eine Tochter bekommen, die jetzt schon ziemlich groß war. Dann war der Mann in den Krieg gezogen, und er war nach Rußland geschickt worden, von wo er bis heute nicht zurückgekehrt war. Während all dieser Jahre hatte sie immer darauf gewartet, daß ihr Mann zurückkehren würde, weil ihr nie jemand ausdrücklich gesagt hatte, daß er tot sei, doch er war nicht zurückgekehrt, und so war Maria zwar einerseits Witwe, andererseits aber auch wieder nicht. Maria war groß, dunkelhaarig, blaß, sehr kräftig und wortkarg. Sie trug immer Schwarz, auch wenn sie das Gut ihres Mannes bewirtschaftete, auch wenn sie die Tiere versorgte. Sie kochte für mich, sie bediente mich bei Tisch, sie fegte mein Zimmer, sie machte mein Bett, so daß sie praktisch den ganzen Tag um mich herum war. Und wie es eben so geht: Wenn ein Mann und eine Frau immer zusammen sind, bleiben sie schließlich aneinander kleben. Den Ausschlag gab jedoch eine Bemerkung, die sie eines Tages mir gegenüber fallenließ: »Ich bin inzwischen zu alt; und außerdem könnte mein Mann zurückkommen. Doch du, Luigi, du bist der Mann, der mir gefällt. Wenn du in vier Jahren zurückkommst, gebe ich dir Agnese zur Frau.« Agnese war ihre zwölfjährige Tochter; auf diese Weise gab sie mir zu verstehen, daß sie mich nicht abweisen würde, sollte ich es versuchen. Was hätten Sie getan? Ich sagte ihr, sie sei keineswegs alt, ihr Mann würde jetzt nicht mehr zurückkommen, und lieber hätte ich sie heute als ihre Tochter morgen; und so begann unsere Liebe.

Um Ihnen eine Vorstellung von Marias vorausplanendem und entschlossenem Wesen zu geben, will ich Ihnen nur eine Begebenheit erzählen. In der Nacht, in der wir unser erstes Rendezvous auf dem Gut ihres Mannes hatten, wo sie ein Häuschen und einen Strohschober besaß, sah ich, als ich an der Küche vorbeikam, wie sie einen großen Kessel mit Wasser aufsetzte. Im ersten Augenblick war ich überrascht, doch dann begriff ich. In der Osteria gab es kein Bad, und sie brachte meinetwegen all dies Wasser zum Kochen, um sich zu waschen und frisch und sauber für das Liebesstelldichein zu sein. Später sagte sie es mir: »Ich hab' gebadet, weil ich mit dir verabredet war.«

Es war aus mit dem leichten Leben; dies war die Leidenschaft, schwer, sehr schwer, und ich begriff, daß diese Leidenschaft auch mein Leben schwer machen würde. Doch ich kam nicht dagegen an: Wenn es zehn schlug, wurde ich unruhig; ich lief aus der Osteria, rannte über die Felder bis zum Gut, und dort traf ich sie, stumm und leidenschaftlich, und sobald sie mich sah, warf sie mir, ohne ein einziges Wort zu sagen, die Arme um den Hals. Mit der Zeit sprach sie immer häufiger davon, daß sie mich heiraten wolle. Und schließlich sagte sie eines Tages, sie wolle ihren Mann endlich für tot erklären lassen, und dann könnten wir heiraten, und sie würde mit mir nach Rom kommen, oder ich würde bei ihr in La Storta bleiben.

Ich hatte sie glauben lassen, ich sei ledig, wohlhabend und frei, und so sagte ich weder ja noch nein: Ich liebte sie und fühlte zugleich, daß ich sie nicht lieben dürfte. Bei unseren Rendezvous versuchte ich so wenig wie möglich zu sprechen, denn ich wußte, daß mir, wenn ich sprechen würde, nichts anderes übrigbliebe, als den Lügen, die ich bereits erzählt hatte, weitere hinzuzufügen. Leider waren mir die ersten Lügen bereits entschlüpft, und sie hatte sie in ihrem Herzen eingeschlossen, und jetzt standen diese Lügen gegen die Wahrheit ihrer Liebe zu mir. Ich fühlte sehr oft, daß ich ihr meine Wahrheit sagen müßte: daß ich verheiratet war, daß ich arbeitslos war, daß ich nicht frei war. Doch jedesmal ließ ich es sein, denn diese Wahrheit vertrug sich nicht mit der Wahrheit ihrer Liebe, die sich dagegen mit meinen Lügen vertrug.

So verging fast ein Monat, in dem wir uns nachts auf dem Gut und tagsüber in den Zimmern der Osteria trafen. Währenddessen schmolz das Geld zusammen; und ich sah den Augenblick kommen, wo ich mich wie ein Dieb würde fortstehlen oder mich von Marias Eltern würde aushalten lassen müssen. Ehrlich gesagt war es mir gar nicht so unangenehm, daß das Geld zu Ende ging: Das lieferte mir einen idealen Vorwand, die Beziehung abzubrechen und fortzugehen, ohne gestehen zu müssen, daß ich bereits verheiratet war. Maria würde nicht beleidigt sein, vielleicht hätte sie es verstanden. Doch manche Dinge erraten Frauen im Nu. Eines Abends, als wir auf dem Gut im Dunkeln mitten im Stroh lagen, flüsterte sie mir ins Ohr: »Ich weiß, daß du kein Geld hast, ich hab' in deine Brieftasche geschaut. Aber hab keine Angst. Du wirst hierbleiben. Wir brauchen gerade jemanden, der uns hilft. Du bleibst hier, und wir heiraten.«

Als ich Rom verließ, hatte ich Giovacchino meine neue Adresse gegeben, um ihm zu beweisen, daß ich seinem Rat folgte. Dies war die Bananenschale, auf der ich ausrutschte; die Nadel, die den mit Lügen aufgepumpten Ballon meines Lebens zum Platzen brachte. Eines Tages kehrte ich gerade in die Osteria zurück, nachdem ich mit den Freunden von La Storta Karten gespielt hatte, als ich an dem Schilfzaun der Pergola vorbeikam und deutlich Giovacchinos Stimme hörte. Ich näherte mich ganz leise dem Zaun und sah hindurch. Giovacchino saß an einem Tisch und unterhielt sich mit Maria, die ihm gerade ein Bier auf einem Tablett gebracht hatte. Ich schnappte nur diesen einen Satz auf: »Seine Frau glaubt, er sei in Mailand und arbeite dort. Wenn sie erfährt, daß er die ganze Zeit hier in La Storta gewesen ist, dann gnade ihm Gott.«

Ohne zu zögern, machte ich kehrt, ging zur Cassia zurück, hielt den ersten Lastwagen an, der vorbeikam, und bat den Fahrer, mich nach Rom mitzunehmen. Ich stieg auf den Lastwagen, der Ziegelsteine transportierte, und setzte mich auf einen Zementsack. Ich fühlte mich komisch, ein merkwürdiges Kribbeln in der Nase, als müßte ich weinen. Und während der Lastwagen nach Rom fuhr, sah ich zum Himmel hinauf und bemerkte, daß er zum ersten Mal nach einem ganzen Monat schönen Wetters von schwarzen Wolken überzogen war, die sich auftürmten und aufquollen wie der Rauch eines Brandes. Auch die Luft war jetzt anders, sie war heiß und klebrig geworden. Kurz und gut: der Schirokko; und schon in der nächsten Sekunde wurde das Kribbeln in der Nase stärker, und ich nieste los. So blieb mir keine Zeit, Maria nachzutrauern, Gewissensbisse zu haben oder mich schuldig und unglücklich zu fühlen. Ein Niesen folgte dem anderen, ich nieste unaufhörlich, immer stärker, der Kopf tat mir weh, und meine Augen tränten, und ich hatte das Gefühl, mit jedem Niesen entweiche eine meiner vielen Lügen aus meiner Nase und verschwände. In Rom stieg ich, immer noch niesend, vom Lastwagen und machte mich im Regen auf den Weg zu meiner Wohnung.

## *Der Hanswurst*

Um mich in jedem Beruf einmal zu versuchen, zog ich diesen Winter durch die Gasthäuser und begleitete einen singenden Kollegen auf der Gitarre. Der Kollege hieß Milone und wurde »Professor« genannt, weil er irgendwann einmal Unterricht in schwedischer Gymnastik erteilt hatte. Er war ein Kerl um die Fünfzig, nicht gerade dick, aber recht untersetzt und so massig, daß die Sessel quietschten, wenn er sich draufsetzte. Sein Gesicht war verquollen und abstoßend häßlich.

Ich spielte die Gitarre auf meine Art, das heißt: ernsthaft, fast ohne mich zu bewegen, mit niedergeschlagenen Augen, denn ich bin ein Künstler und kein Hanswurst. Den Hanswurst hingegen gab Milone: Es sah jedesmal wie zufällig aus, wenn er zu singen begann, denn er lehnte sich dabei an irgendeine Mauer, das Hütchen in die Augen geschoben, die Daumen in den Achselhöhlen. Sein Gürtel saß unterhalb des Bauches, und sein Bauch quoll aus der Hose heraus. Man hätte meinen können, ein Betrunkener singe den Mond an. Dann kam er allmählich in Fahrt, und ohne richtig zu singen – denn er hatte weder Stimme noch Gehör –, gab er schließlich eine Art Vorstellung, oder, wie gesagt, er spielte den Hanswurst. Seine Spezialität waren die sentimentalen Lieder, und zwar die allerberühmtesten, bei denen für gewöhnlich die Zuhörer gerührt und weich werden. In seinem Munde aber hatten diese Lieder gar nichts Rührendes, sondern erweckten schallendes Gelächter, weil Milone sie auf eine ganz besonders unerfreuliche und traurige Art ins Lächerliche zog.

Ich weiß nicht, was eigentlich mit diesem Menschen los war. Entweder hatte ihm in seiner Jugend irgendeine Frau etwas angetan, oder sein Charakter war eben so, daß es ihn freute, alle guten und schönen Dinge zu verspotten. Ein gewöhnlicher Komiker war er jedenfalls nicht. Im Gegenteil: Er trug jedes Lied mit einer geheimen Wut vor, und es gehörte wirklich die ganze Dickfelligkeit essender Gasthauskunden dazu, nicht zu bemerken, daß Milone keineswegs nur lächerlich, sondern schlechthin peinlich wirkte.

Mit der Nachahmung weiblicher Gesten, Mienen und Gewohnheiten übertraf er sich aber selbst: Was tut eine Frau? Lächelt sie kokett? Schon deutete er unter seinem Hutrand das schamlose Grinsen einer Straßendirne an. Schaukelt sie ein wenig mit den Hüften? Schon begann er einen Bauchtanz und schob dabei seinen quadratischen Hintern vor, der so massig war wie ein Paket. Macht sie ihre Stimme süß? Schon produzierte er mit winzigem Mund ein Flötenstimmchen – so süßlich, daß einem übel werden konnte. Kurz und gut: Es gelang ihm nicht, Maß zu halten, sondern er schoß immer übers Ziel hinaus, wurde verstiegen und widerwärtig. Ja, er wurde so widerwärtig, daß ich mich oft schämte. Denn es ist nicht dasselbe, ob man irgendeinen Sänger einfach auf der Gitarre begleitet oder ob man den Kumpan eines geschmacklosen Spaßmachers abgibt. Oft mußte ich daran denken, wie ich vor noch gar nicht langer Zeit einen seriösen Sänger begleitet hatte, und es schmerzte mich, dieselben Lieder, auf solche Art unkenntlich gemacht und ins Obszöne verzerrt, wiederzuhören.

Als wir einmal auf der Straße von einem Gasthaus ins andere trotteten, sagte ich zu ihm: »Was haben dir eigentlich die Frauen angetan?«

Milone war zerstreut und in düsterer Stimmung – wie immer, wenn er sich vorher als Spaßmacher produziert hatte. Es sah so aus, als habe er Gott weiß was für Gedanken im Kopf. »Nichts haben mir die Frauen angetan«, gab er zur Antwort.

»Ich meine nur, weil du sie mit solcher Leidenschaft verspottest«, erklärte ich.

Darauf erwiderte er nichts, und das Gespräch versandete.

Ich hätte die Zusammenarbeit mit ihm aufgegeben, wenn sie nicht ganz einträglich gewesen wäre. Denn, so unglaublich es klingt, Milone verdiente mehr Geld als mancher tüchtige Sänger mit den schönsten Liedern. Wir grasten in erster Linie solche Lokale ab, die nicht gerade luxuriös waren, aber doch gutbürgerlich und dabei nicht billig – Lokale, wo die feinen Leute hingehen, um sich vollzuschlagen und vergnügt zu sein. Kaum waren wir in einem solchen Lokal durch die Tür getreten, kaum begann ich still mein Instrument auszupacken, da ertönte schon von den dichtbesetzten Tischen her der Ruf: »Oh, der Professor! ... Da ist er ja, der Professor! Komm her, Professor!«

Scheußlich grinsend, die Hosen herunterhängend, die Augen verdreht, schlich sich Milone an den Tisch heran und fragte: »Die Herrschaften wünschen?«

Dieses »Die Herrschaften wünschen?« brachte er bereits dermaßen komisch hervor, daß die ganze Gesellschaft sich vor Lachen bog. Inzwischen kam die Pasta asciutta an, der Wirt bediente reihum die Gäste, und Milone verkündete mit alberner, hoher Stimme, daß jetzt ein wahrhaft schönes Lied folge: »Wenn Rosina aus dem Dorf kommt ... Die Rosina bin ich.«

Man stelle sich das Publikum vor, während Milone mit kauzigen Späßen Rosina spielte: Den Leuten blieben buchstäblich die Spaghetti zwischen Teller und Mund auf der halberhobenen Gabel in der Luft hängen. Dabei handelte es sich nicht etwa um Metzger oder dergleichen, sondern um wirklich feines Publikum: Die Herren trugen dunkelblaue Anzüge, waren pomadebeschmiert und hatten Perlen in den Krawatten. Die Damen waren feingliedrig und edel, mit Pelzen behangen und mit Edelsteinen übersät. Immer wieder erklärten sie, während Milone den Hanswurst abgab: »Er ist großartig! Wirklich großartig!« Dann und wann rief jemand ängstlich: »Sagt es nur niemandem, daß wir ihn entdeckt haben. Er wird sonst zu schnell verwöhnt.«

Unter anderem hatte Milone auch ein Lied in seinem Programm, in dessen Verlauf er, um die Sache noch lächerlicher zu machen, an einer bestimmten Stelle mit dem Mund ein nicht näher zu bezeichnendes Geräusch hervorbrachte. Nun – ob man's glauben will oder nicht –, gerade die feinsten Damen wollten dieses Lied immer wieder hören.

Die Tatsache, daß Milone solchen Beifall fand, stieg ihm mit der Zeit zu Kopf. Er wohnte bei einer Schneiderin in der Via Cimarra in einem lichtlosen und feuchten möblierten Zimmer. Wenn ich ihn dort abholte, fand ich ihn stets dabei, wie er vor dem Spiegel irgendeine neue Geschmacklosigkeit einstudierte. Er tat dies mit finsterer Sorgfalt – einem großen Schauspieler nicht unähnlich, der sich für seinen Auftritt vorbereitet. Ich saß inzwischen auf dem Bett und sah zu, wie er vor dem Waschtischspiegel einen seiner grotesken Bauchtänze probierte. In solchen Augenblicken fragte ich mich oft, ob er nicht ein wenig verrückt sei.

»Wäre es denn nicht an der Zeit«, meinte ich eines Tages, »uns etwas Hübsches und Ergreifendes auszudenken?«

»Da sieht man's wieder«, gab er zurück, »daß du nichts verstehst! Wenn die Leute essen, wollen sie lachen und nicht gerührt werden.« Finster fügte er hinzu: »Und ich bringe sie zum Lachen!«

Da er die Manie hatte, sich dauernd verbessern zu wollen, kam er kurze Zeit später auf eine neue Idee: Er führte jetzt in einem Handköfferchen stets ein paar weibliche Kleidungsstücke mit sich – einen Damenhut, eine Schärpe, einen Unterrock. Diese Dinge zog er dann im Lokal an, um noch komischer zu wirken. Seine Sucht, sich als Frau zu verkleiden, war mittlerweile zu einer Leidenschaft geworden. Mir verursachte es jedesmal ein höchst peinliches Gefühl, wenn ich ihn so herumtanzen sah: das Hütchen auf dem Kopf und den Unterrock über die Hose gebunden. Schließlich wünschte er, da ihm nichts Neues mehr einfiel, daß auch ich den Hanswurst spielen solle, obwohl ich doch nur die Gitarre zupfte. Das aber lehnte ich entschieden ab.

Wir grasten so viele Gasthäuser ab, als wir in der Zeit zwischen Mittag und drei Uhr sowie zwischen acht Uhr abends und Mitternacht bewältigen konnten. Einmal hatten wir die Lokale rund um die Piazza di Spagna auf dem Programm, ein andermal die in der Nähe der Piazza Venezia, dann wieder die in Trastevere oder die beim Bahnhof. Zwischen einem Lokal und dem anderen gingen wir, ohne ein Wort miteinander zu sprechen, die Straßen entlang, denn eine wirkliche Vertraulichkeit bestand nicht zwischen uns. Wenn wir nachts mit unserer Runde zu Ende waren, suchten wir eine Osteria auf und teilten die Einnahmen. Nachher rauchte ich schweigend eine Zigarette, und Milone trank ein Viertel. Nachmittags probte Milone seine Rollen vor dem Spiegel, während ich schlief oder ins Kino ging.

An einem windigkalten Abend absolvierten wir die Lokale in Trastevere und betraten schließlich, mehr um uns zu wärmen als um Musik zu machen, eine Osteria hinter der Piazza Mastai. Sie bestand aus einem langgestreckten, schmalen Raum, beinahe einem Korridor, dessen Tische längs der Wände aufgereiht waren. Hier saßen meist arme Leute, die zum Wein mitgebrachte Speisen aus dem Zeitungspapier verzehrten. Offenbar war es die Eitelkeit - denn materielle Vorteile konnte Milone hier nicht erwarten -, die ihn dazu veranlaßte, sich auch in dieser Osteria zu produzieren. Er wählte eines seiner schönsten Lieder und machte daraus mittels Grimassen und Verrenkungen eine richtige Sauerei.

Als er geendet hatte, gab es einen äußerst kühlen Applaus, und von einem der Tische her ertönte eine Stimme: »Jetzt will ich das singen!«

Ich wandte mich um und gewahrte einen blonden Jungen im Overall eines Mechanikers - schön wie ein Engel. Mit wütenden Augen sah er Milone an, als wolle er ihn fressen. Dann sagte er befehlend zu mir: »Spiele! Und zwar noch einmal von Anfang an!« Milone machte einen eingeschüchterten und müden Eindruck und ließ sich auf einen Stuhl nahe beim Eingang fallen. Der Junge gab mir mit der Hand ein Zeichen und begann zu singen.

Ich will nicht behaupten, daß er ganz wie ein richtiger Sänger sang, aber er hatte Gefühl, eine angenehme, ruhige, warme Stimme und sang so, wie es sich gehörte und wie dieses Lied gesungen werden mußte. Überdies war er, wie gesagt, wirklich schön mit seinem Lockenkopf - besonders, wenn man ihn mit dem fetten, unappetitlichen Milone verglich. Der Junge sang einfach ins Lokal hinein und sah dabei dauernd nach einem alleinsitzenden Mädchen hinüber, als sänge er nur für sie. Nach Beendigung des Liedes machte er mit ausgestreckter Hand eine Bewegung zu Milone, die offensichtlich besagen sollte: So singt man! Dann kehrte er zu seinem Tisch zurück, wo ihn das Mädchen erwartete und sofort die Arme um seinen Hals warf.

Allerdings – die Leute applaudierten ihm noch weniger als Milone, denn sie verstanden überhaupt nicht, weshalb er sich die Mühe gemacht hatte zu singen. Ich aber hatte verstanden. Und diesmal hatte auch Milone verstanden.

Ich hatte mehrmals zu Milone hinübergeblickt, während ich den Sänger mit meiner Gitarre begleitete: Immer wieder strich sich Milone mit der Hand über die Stirn, fuhr sich durch die Haare, die ihm ins Gesicht hingen, und sah dabei so aus, als sei er todmüde und hielte sich nur mit Mühe aufrecht; aber es gelang ihm nicht, einen bitteren Ausdruck zu verbergen, den ich noch nie an ihm gesehen hatte; und bei jeder Strophe, die der Junge anstimmte, schien diese Bitterkeit zuzunehmen. Schließlich stand er auf, reckte sich, täuschte ein Gähnen vor und sagte: »Na, es ist Zeit, schlafen zu gehen … Ich bin ordentlich müde …«

Wir trennten uns an der Straßenecke und verabredeten uns, wie immer, für den folgenden Tag.

Was in dieser Nacht weiter geschah, habe ich mir zu rekonstruieren versucht: Ich habe schon gesagt, daß Milone jegliches Maß verloren hatte und sich für Gott weiß was für einen großen Künstler hielt, während er in Wirklichkeit nichts anderes als ein Hanswurst war, der die Leute bei ihren Mahlzeiten unterhielt. Um so tiefer muß der Absturz gewesen sein, den jener blonde Junge im Overall herbeigeführt hatte. Wahrscheinlich hatte sich Milone, während der andere sang, auf einmal als das gefühlt, was er in Wirklichkeit war, und nicht mehr als das, was er zu sein geglaubt hatte: als verfetteten Fünfziger hatte er sich gefühlt, der sich einen Fetzen umhängte und die »Muntere Teresa« rezitierte. Und ich glaube auch, daß er in jenen Minuten begriffen hatte, wie unfähig er war, wirklich zu singen, und daß ihm dies auch dann nicht gelingen würde, wenn er einen Pakt mit dem Teufel abschlösse. Es war ihm wohl klargeworden, daß er nur gewisse Leute zum Lachen bringen konnte und daß er auch dazu nur imstande war, wenn er gewisse Dinge hämisch verhöhnte. Diese Dinge aber waren wahrscheinlich gerade das, was er in seinem ganzen Leben nie hatte erreichen können.

Das alles sind, wie gesagt, bloße Vermutungen. Sicher

ist, daß die Schneiderin, bei der er wohnte, ihn am nächsten Tag am Fenster erhängt vorfand, dort, wo gewöhnlich der Käfig mit den Kanarienvögeln hing. Als erste bemerkten seinen Tod ein paar Passanten in der Via Cimarra, die durch das geschlossene Fenster Milones Beine und Füße baumeln sahen. Boshaft wie alle Selbstmörder, hatte er die Tür versperrt und den Waschtisch mit dem Spiegel davorgeschoben. Vielleicht wollte er sich sehen, wie er den Kopf in die Schlinge schob, so, wie er sich immer bei seinen Proben im Spiegel gesehen hatte. Kurz und gut - man mußte die Tür aufbrechen, und dabei fiel der Spiegel zu Boden und ging in tausend Stücke.

Sie brachten ihn nach dem Verano-Friedhof, und ich ging als einziger hinter seinem Sarg her - diesmal ohne Gitarre. Die Schneiderin, die ihren Spiegel eingebüßt hatte, hielt sich dadurch schadlos, daß sie, Stück für Stück, den Strick verkaufte.

## *Die Unsichtbare*

Ich stehe splitternackt vor meinem Mann. Wir sind eben aufgestanden, mein Mann sitzt in Hemdsärmeln auf der Bettkante und bindet sich die Krawatte. Er fragt: »Was ist denn das für ein Fleck?«

Unwillkürlich sehe ich an meinem Körper hinunter, denn der Blick meines Mannes richtet sich auf mich, genau in Höhe des Bauches. Aber ich kann nichts entdecken. Ich erwidere: »Was für ein Fleck?«

Mein Mann ist langsam, überlegt lange und antwortet niemals sofort auf Fragen. Er denkt darüber nach, als fände er keine Worte. So läßt er mich auch diesmal mitten im Zimmer stehen, aufrecht und reglos, wie ein Modell in der Kunstakademie, das die Studenten abzeichnen sollen. Endlich sagt er: »Na, der Fleck da unten an der Wand.«

Mir fällt plötzlich ein, wenn ich früher so vor ihm gestanden hätte wie jetzt, ohne etwas auf dem Leib, und er mich angesehen hätte, wie er mich jetzt ansieht, so lange und so eindringlich, dann hätte die Erregung ihn schließlich überwältigt, und er hätte den eigentlichen Anlaß, mich anzuschauen, vergessen. Aber jetzt merke ich genau, daß er gar nicht erregt ist. Seine Augen sind aufmerksam, aber völlig ruhig: zwei kleine dunkle Seen klarer Gleichgültigkeit. Er fügt hinzu: »Der Fleck neben dem Heizkörper.«

Ich wende mich um: Der Fleck ist tatsächlich vorhanden, dort an der Wand neben dem Heizkörper. Aber wie bringt er es fertig, ihn in dem Moment zu sehen, da mein Körper zwischen seinen Augen und dem Fleck steht? Es ist ein ungleichmäßiger Fleck, er hat eine sonderbare Form, fast wie Nordamerika. Ich sage: »Ja, da ist ein Fleck. Na und?«

Unterdessen trete ich an den Heizkörper heran, tue, als betrachtete ich prüfend die Wand, dann drehe ich mich um, bleibe aber an der Stelle stehen und verdecke so den Fleck fast völlig.

Er bemerkt: »Es ist ein Feuchtigkeitsfleck.«

Ich halte mich nach wie vor an der Wand und sage amüsiert: »Und von einer eigentümlichen Form. Wir wollen mal sehen, ob du ein guter Beobachter bist. Was meinst du, welche Form hat der Fleck?«

Er bindet seine Krawatte fertig, dann sieht er wieder den Fleck an, das heißt, er blickt durch meinen Körper hindurch, und sagt: »Du hast recht, er hat eine eigenartige Form. Er sieht aus wie Nordamerika.«

Ich stelle logisch fest: »Du liebst mich nicht mehr.«

»Wieso?«

Ich müßte ihm antworten: Weil ich für dich durchsichtig, unsichtbar geworden bin. Du siehst durch mich hindurch, als wäre ich gar nicht da. – Aber ich habe nicht den Mut dazu. Ich schweige, reglos, beide Hände in den Hüften, und komme mir vor wie ein Henkelkrug. Er nutzt das, um seine Jacke zu nehmen, sie anzuziehen und sich von mir zu verabschieden: »Ich gehe jetzt, es ist schon spät. Ciao.«

Als ich allein bin, ziehe ich mich an und überlege dabei. Es ist klar, daß ich für ihn unsichtbar bin. Vielleicht bin ich es für alle? Ich rufe das Dienstmädchen, stelle mich wieder vor den Fleck und frage sie: »Giovanna, dieser Fleck, was ist das für ein Fleck?«

»Welcher Fleck, gnädige Frau?«

»Na, der Fleck hier neben der Heizung.«

»Aber gnädige Frau, wie soll ich ihn denn sehen, Sie stehen ja davor.«

Ich trete etwas zur Seite.

»O ja, ein riesiger Fleck. Wer weiß, was das ist.«

Am selben Tag bei Tisch. Mein Mann sitzt mir gegenüber; hinter ihm an der Wand hängt ein Jugendstilspiegel mit einem Holzrahmen aus lauter Blumenstielen und Blüten. Ich sehe mich deutlich in dem Spiegel, sobald ich nur ein bißchen nach rechts rücke. Ich bin schön, sehr schön, und heute habe ich mich so angezogen, wie ich meinem Mann gefalle: ohne Büstenhalter, nur einen lockeren und weichen Pulli mit sehr tiefem V-förmigem Ausschnitt. Ich weiß, so gekleidet, war ich früher für ihn unwiderstehlich. Da kommt Gilberta herein, die Nichte meines Mannes, ein siebzehnjähriges Mädchen mit schmächtigem Busen und dicken Schenkeln, die seit zwei Wochen unser Gast ist. Gilberta setzt sich nicht gleich, sie bleibt an der Anrichte hinter mir stehen und füllt mit der Pipette irgendeine Medizin in ein Glas. Mein Mann starrt mich an, und ich fühle ganz deutlich, daß seine Blicke meine Brust durchdringen wie zwei spitze Degen und auf etwas stoßen, was hinter mir ist. Tatsächlich sagt er schließlich langsam: »Gilberta, meinst du nicht auch, daß dein Minirock ein bißchen übertrieben ist?«

Gilberta antwortet nicht gleich. Sie zählt hinter mir die Tropfen der Medizin ab: »Acht, neun, zehn, elf, zwölf.« Dann widerspricht sie: »Aber Onkel, wieso denn übertrieben?«

Mein Mann sieht unbeirrt durch meinen Körper hindurch. Gilberta bewegt sich nicht; vielleicht nimmt sie gerade in kleinen Schlucken die Medizin. Ihre Unterhaltung zieht sich in die Länge, und mein Mann macht ein paar weitere Bemerkungen über die kurzen Miniröcke, über die Stiefel, die die Frauen zu den Miniröcken tragen, und dergleichen. Ich fühle mich mehr denn je unsichtbar, durchsichtig; und ich frage mich, ob ich nicht aufstehen und hinausgehen soll. Aber ich weiß, daß mein Mann gerade das möchte: Er hat es mir vor ein paar Tagen zu verstehen gegeben, als ich mich darüber beklagte, daß er so hinter der Nichte her war. So bleibe ich sitzen, kerzengerade und steif, ohne mich länger im Spiegel zu betrachten, da ich fast fürchte, nichts mehr zu sehen, wenn ich hineinschaue.

Der nächste Tag ist ein Sonntag, und wir beschließen, auf die Jagd zu gehen, er, Gilberta und ich, auf dem Land von Freunden, wo vor allem Fasanen und Wachteln zu finden sind. Im Garten unserer Villa steigen Gilberta und mein Mann ins Auto; ich gehe vor, um das Gittertor zu öffnen. Das tue ich immer, wenn wir mit dem Wagen wegfahren: Mein Mann sitzt am Steuer, und ich öffne das Gittertor. Aber heute sitzt Gilberta neben ihm, und ich habe ein unangenehmes, bedrückendes Gefühl: Sie sitzen da und sehen mich durch die Frontscheibe hindurch an; ich mühe mich inzwischen ängstlich und verwirrt ab, die beiden schweren eisernen Flügel zurückzuschieben. Doch ich mache es, ohne sie anzusehen, oder vielmehr, während ich so tue; als sähe ich sie nicht an, sie aber in Wirklichkeit belauere. Vielleicht bilden sie sich ein, wegen der Spiegelung der Scheibe nicht gesehen zu werden, aber ich beobachte, daß sie die Köpfe zueinander neigen und ihre Lippen sich in einem flüchtigen Kuß berühren. Gleich darauf schießt der Wagen vorwärts, ich habe kaum Zeit, beiseite zu springen. Mein Mann schweigt eine Weile und bemerkt schließlich ruhig: »An diesem Auto ist etwas nicht in Ordnung. Es fährt von selbst los.«

Während ich einsteige, sage ich erregt: »Du hättest mich beinahe umgefahren.«

»Du standst doch neben dem Pfeiler, wie hätte ich dich da umfahren sollen?«

So brechen wir auf, die beiden vorn, ich dahinter. Auf dem Landgut fahren wir in den Wald, machen dann auf einer Lichtung halt und steigen aus. Mein Mann und Gilberta gehen ganz dicht nebeneinander; ich folge ihnen im Abstand von rund zwanzig Metern. Wir sind alle drei in Jagdausrüstung: Flinten, Lederjacken und Stiefel. Der Wald ist licht; es ist Herbst; welke Blätter bedecken den Boden; die einzeln stehenden Bäume sind alt und mehr oder weniger im Absterben, bis in die Wipfel von Efeu umwunden und strecken meist verzweifelt einen einzigen großen, fast blattlosen Ast vor. Schwarze Vögel hüpfen und picken zwischen den welken Blättern, fliegen auf mit dicken, sich windenden Würmern im Schnabel. Die Sonne ist ein roter Schimmer, die Luft bläulich, rauchig wie von einer Feuersbrunst. Mein Mann schreitet langsam aus, dann und wann bleibt er plötzlich stehen, blickt nach oben, so daß sein Körper an Gilbertas Körper stößt, die nicht mehr neben ihm geht, sondern unmittelbar hinter ihm. Gilberta ist scheinbar immer wieder von diesem unvermittelten Halt überrascht; nicht ein einziges Mal zieht sie sich zurück, oder weicht sie ihm aus, sondern preßt sich jedesmal mit Brust und Leib an seinen Rücken.

All das sehe ich ganz deutlich; und dann beginnt mein Gehirn von allein zu denken, gewissermaßen ohne daß ich es kontrollieren könnte. Ich bin für meinen Mann also unsichtbar; er benimmt sich tatsächlich so, als sähe er mich nicht, als wäre ich nicht da. Aber ein unsichtbarer Mensch kann seinerseits vieles tun, was einem sichtbaren nicht gestattet ist. Er kann zum Beispiel, die Unsichtbarkeit nutzend, das Gewehr heben, jemanden aufs Korn nehmen und auf ihn schießen. Keiner wird es bemerken, denn er ist ja unsichtbar. So ist die Unsichtbarkeit, denke ich noch, immerhin zweischneidig. Der Unsichtbare ist im Nachteil, gewiß; aber auch im Vorteil.

Mit seltsam gedämpftem Echo hallt ein Gewehrschuß wider. Meine Blicke folgen dem Hund, der zwischen das Farnkraut läuft; gleich darauf kommt mein Mann, die Hand auf Gilbertas Arm. Der Hund kehrt zurück, einen blutigen Fasan in der Schnauze. Mein Mann beugt sich mit Gilberta hinunter. Über dem Kopf des Hundes tauschen die beiden einen flüchtigen Kuß. Mein Mann ruft aus: »Der erste Fasan.«

Ich sage nichts, wir gehen weiter in den Wald hinein. Plötzlich gelangen wir auf eine fast quadratische, mit üppigem dunklem Gras bewachsene Wiese, die auf allen vier Seiten von dichtem, rötlichem Gehölz begrenzt ist. Da entschließe ich mich: Ich bin unsichtbar, dies ist der Ort und der Augenblick. Ich rufe meinem Mann zu, nach rechts hinüberzublicken, dort sei ein prächtiger Fasan. Bereitwillig wenden sich beide nach jener Seite; unterdessen hebe ich von links die Flinte, ziele: ein Schuß für ihn, der zweite für Gilberta. Ich werde sie nicht verfehlen, ich bin eine gute Schützin.

Doch auf einmal fliegt der Fasan vor mir von rechts nach links. Blitzschnell dreht sich mein Mann um und schießt, ohne zu zielen. Ich stürze seitlich zu Boden, mit dem Gesicht in das kalte, feuchte Gras. Ich sehe meinen Mann an mir vorbeigehen, als er den Fasan aufheben will, den er getroffen hat, indem er durch mich hindurchschoß. Ich erkenne seine Stiefel aus hellem rohem Leder, durchnäßt mit einigen in die Schnürbänder verwickelten grünen Grashalmen. Er sieht mich nicht, ich bin unsichtbar, mehr denn je, ich werde auf dieser Wiese verbluten, und sie werden ohne mich in die Stadt zurückkehren.

## *Jetzt ist nicht der richtige Augenblick*

Was Lachen ist, können Sie nicht wissen, wenn Sie Paolino nicht kennen, meinen Freund halb durchwachter Nächte. Jetzt sehe ich Paolino nicht mehr so häufig, eben wegen seines Lachens; doch ich kann nicht leugnen, daß ich mich manchmal unter all den Griesgrämigen und Fanatikern, die niemals lächeln, direkt nach ihm sehne. Paolino ist ein junger Bursche in meinem Alter, klein, mit niedriger Stirn und plattgedrückter Nase, und das ganze Gewicht seines Gesichts liegt auf der Kinn- und Mundpartie. Paolino hat einen großen quadratischen Kiefer, mit einem vorspringenden Kinn, das aussieht wie die Schaufel eines dieser Bagger, die in der Lage sind, einen halben Hügel abzutragen, sich dann schließen und drehen und sich über einem Lastwagen wieder öffnen und ihn auf einen Schlag zur Hälfte füllen. Und sein Mund ist riesig, er reicht von einem Ohr zum andern, ähnlich dem Schlitz eines Sparschweins. Ich weiß nicht, was Paolino im Kopf hat; wahrscheinlich eine empfindliche Maschine mit einem Lachauslöser; denn schon ein Nichts reicht ihm, um seinen gewaltigen Mund aufzureißen und sich schiefzulachen. Und nach dem Lachen wird Paolino nicht etwa ernst wie alle anderen; das Lachen bleibt auf seinem Gesicht, so wie der Himmel immer noch rot bleibt, nachdem die Sonne schon untergegangen ist: Die Augen tränen ihm, sein Mund bleibt offen, das Blut steigt ihm zu Kopf und färbt sein Gesicht krebsrot, und er wirkt ganz verwirrt. Kurz und gut, Paolino lacht so, wie manche essen, die völlig ausgehungert sind: hemmungslos und ungestüm. Und ich muß dazusagen, daß sein Leben aus lauter Lachanfällen bestehen muß, denn wenn er sich an diese oder jene Begebenheit aus der Vergangenheit erinnert, versäumt er nie zu sagen: »Erinnerst du dich, wie wir gelacht haben?« oder: »Ach, wie haben wir damals gelacht«; genau wie ein Hungerleider, der sich an jede einzelne Gelegenheit erinnert, wo er sich so richtig satt gegessen hat.

Nun, wie auch immer, Paolino war wirklich der letzte, den ich fragen würde, ob er mich am Abend des Dreikönigstags zur Piazza Navona begleiten wolle; doch ich fand niemand anderen als ihn. Zur Piazza Navona ging ich an jenem Abend nicht, wie so viele andere, um Radau zu machen, sondern in einer ganz bestimmten Absicht: Da Iole mich grundlos verlassen hatte und ich sie weder zu Hause noch in dem Friseurladen, wo sie als Maniküre arbeitete, antreffen konnte, weil sie alles tat, um mir aus dem Weg zu gehen, und da ich wußte, daß sie an diesem Abend zur Piazza Navona gehen würde, hatte ich beschlossen, sie dort zu suchen, sie zur Rede zu stellen und sie vielleicht sogar bloßzustellen. Ich bin nämlich nicht wie Paolino, sondern ich lache nur, wenn es wirklich etwas zu lachen gibt, was selten der Fall ist; für mich ist das Leben eine ernste Sache, und ich lege Wert auf Würde und Anstand, und, kurz und gut, wenn eine Frau mich nicht mehr liebt, dann soll sie mir das gefälligst rundheraus sagen und mir nicht aus dem Weg gehen oder mich meiden und mich nicht dazu zwingen, sie abzupassen. Daher sagte ich Paolino schon an der Piazza Zanardelli: »Du weißt, warum ich heute abend zur Piazza Navona gehe. Nicht um zu lärmen und Radau zu machen. Also geh mir nicht mit deinem Lachen auf die Nerven.« »Wer lacht denn?« sagte er, bereits lachend, das Gesicht purpurrot und mit Tränen in den Augen. »Du lachst«, erwiderte ich hart, »hör auf damit!« Er wurde ernst, was ihm sichtbar schwerfiel; und so machten wir uns auf den Weg zur Piazza.

Kaum hatten wir sie erreicht, wurde mir mein Irrtum sofort bewußt: zuallererst der, Iole in diesem Gewühl suchen zu wollen; und dann, Paolino mitgenommen zu haben. Natürlich mußte er sich gleich am ersten Stand eine dieser Pfeifen kaufen, die einen infernalischen Lärm machen, und einen Strohhut mit einem Schlauch und einer kleinen Pumpe, die, wenn man auf sie drückte, eine Springfeder im Hut hochschnellen ließ. Gereizt fragte ich ihn: »Wieso macht es dir eigentlich soviel Spaß, den Clown zu spielen?« Er schüttete sich aus vor Lachen: »Na ja, schließlich ist doch nur einmal im Jahr Dreikönige.« Genau in dem Augenblick sah ich, was für ein Zufall, Iole, die vor einer Schießbude unweit des

Brunnens in der Mitte des Platzes stand. Ich sagte zu Paolino: »Also noch einmal, daß du mir ja nicht lachst«, und ging zu ihr.

Iole ist eines jener wasserstoffblonden Mädchen, wie man sie jetzt sieht, mit einem Gesicht wie eine Tote, wegen des hellen Puders, der blassen Lippen und der schwarzgeschminkten Augen. Sie trug einen kurzen roten Mantel und schmiegte sich an einen Amerikaner, den ich vom Sehen kannte, einen gewissen Richard, der wohl, wie mir jetzt dämmerte, der Hauptgrund für ihr merklich abgekühltes Verhalten war. Er trug eine grün-schwarz karierte taillenkurze Windjacke und hatte rote kurzgeschnittene Haare à la Marlon Brando, die er unter einer Pelzmütze versteckte. Ein Schrank von einem Mann, wenn man so will, vor allem im Vergleich zu mir, der ich eher klein bin; doch er hatte einen winzigen, aber nicht unbedeutenden Fehler: einen Mund, der wie ein unförmiger Riß aussah, wodurch er einem beim Sprechen die Spucke ins Gesicht sprühte.

Er hatte ein Gewehr im Anschlag, einen Fuß vorgestellt, das Gesicht am Kolben, das Auge am Visier; und Iole, ganz artiges kleines Mädchen, dem starke Männer gefallen, bewunderte ihn, während er auf den Blechbären schoß, der durch einen Blechwald spazierte, verfolgt von einem Blechhund, und immer ins Schwarze traf, so daß dem Bären kaum Zeit blieb, seine Sprünge zu machen. Ein guter Schütze, unbestritten; doch ich hatte Besseres zu tun, als seine Geschicklichkeit zu bewundern. Ernst trat ich an Iole heran, zupfte sie am Ärmel und sagte zu ihr: »Guten Abend. Hör mal, ich muß dich kurz sprechen.« Doch Paolino machte unterdessen die ganze Wirkung meines ernsten Auftretens zunichte, indem er sich vor Lachen schüttelte und rief: »Iole, kennst du Gigi schon? Erlaubst du, daß ich ihn dir vorstelle?«

Sie drehte sich auf meine Worte hin um und musterte mich, als hätte sie mich noch nie gesehen und würde mich nicht kennen; dann sagte sie: »Aber Gigi, jetzt ist nicht der richtige Augenblick«; und dabei deutete sie mit den Augen auf den Amerikaner. Ich beharrte: »Ich muß aber mit dir sprechen.« Denn ich wußte, daß dies genau der richtige Augenblick war; wenn ich die Gelegenheit jetzt nicht nutzte, würde ich nicht noch einmal eine bekommen. Der Amerikaner, der uns gehört haben mußte, drehte sich mit einemmal um und sagte lachend: »Gigi, jetzt ist nicht der richtige Augenblick«; und dann reichte er mir das Gewehr: »Versuchen Sie doch mal.«

Mechanisch nahm ich das Gewehr und schoß ein paarmal, ohne allerdings den Bären zu treffen, weil mir die Hände vor Nervosität zitterten. Darauf warf ich das Gewehr auf die Theke und sagte entschlossen: »Also, du mußt mir zuhören, weil ich dir etwas zu sagen habe. Komm, gehen wir«; und ich packte sie am Arm. Pikiert, wie eine gekränkte Dame von Welt, wich sie zurück und sagte sehr kühl: »Aber ich sagte dir doch, jetzt ist nicht der richtige Augenblick.« Währenddessen hörte ich, wie Paolino hinter mir lachte und wiederholte: »Gigi, jetzt ist nicht der richtige Augenblick.«

Kurz und gut, sie verspotteten mich; wütend, doch unfähig, mich von Iole zu trennen, die jetzt ebenfalls schoß, tat ich so, als beobachtete ich sie dabei: Sie traf nicht ein einziges Mal. Der Amerikaner holte gutmütig ein Päckchen Zigaretten aus der Tasche seiner Windjacke und bot mir eine an: »Zigarette?« Ich lehnte mit den Worten ab: »Ich bin nicht zum Rauchen hergekommen, sondern um mit der Signorina zu sprechen.« Und er, scherzhaft, mit erhobenem Zeigefinger: »Um mit der Signorina zu sprechen? Aber das ist jetzt nicht der richtige Augenblick.«

Inzwischen hatte Iole genug davon, auf den Bären zu schießen, und war zur benachbarten Bude weitergegangen, ebenfalls einer Schießbude, wo man auf ein Zelluloidbällchen schoß, das oben auf einem Wasserstrahl tanzte. Sie fingen wieder zu schießen an; auch hier traf der Amerikaner jedesmal ins Schwarze; und ich versuchte, ganz durcheinander und nicht mehr in der Lage, mich länger zu beherrschen, Iole am Ärmel zu ziehen, wobei ich leise zu ihr sagte: »Nur kurz. Dann lass' ich dich in Ruhe, und du siehst mich nie wieder.« Sie jedoch antwortete mir achselzuckend, und jetzt schien sie es absichtlich zu tun: »Später. Du siehst doch, daß jetzt nicht der richtige Augenblick ist.« Paolino schnappte den Satz auf wie einen Ball im Flug und rief aus vollem Hals: »Gigi, jetzt ist nicht der richtige Augenblick.«

Ausgerechnet in dem Moment stand eine Gruppe dieser ausgelassenen Halbwüchsigen, die zur Piazza Navona kommen, um einen Höllenspektakel zu veranstalten und die Passanten zum Narren zu halten, mit Tröten und Trillerpfeifen neben uns. Paolinos Satz hören, ihn lauthals aufnehmen und wie einen Refrain wiederholen, sich bei den Händen nehmen und uns im Kreis zu umtanzen war Sache weniger Sekunden. So befanden wir uns also inmitten eines Ringelreihens hüpfender Hitzköpfe, die im Chor brüllten: »Gigi, jetzt ist nicht der richtige Augenblick.«

Paolino kringelte sich natürlich vor Lachen fast auf dem Boden; auch der Amerikaner lachte; und sogar Iole konnte sich, wenn auch verärgert, ein Lächeln nicht verkneifen; nur ich stand ernst und finster mit verschränkten Armen da und wartete, daß der Radau aufhören würde. Schließlich hatte der Himmel ein Einsehen, und die Burschen faßten einer den anderen an der Hüfte, bildeten eine Schlange und entfernten sich, wobei sie immer noch »Gigi, jetzt ist nicht der richtige Augenblick« brüllten, und entfernten sich unter allgemeinem Geschrei. Der Amerikaner sah auf die Uhr und sagte: »Es ist Zeit, etwas essen zu gehen. Kommt doch mit.« Widerwillig folgte ich ihnen in eine nahe gelegene Trattoria.

Im Erdgeschoß war nichts mehr frei, dichtgedrängt saßen die Leute an den Tischen vor ihren Tellern und Halbliterkaraffen. Der Wirt kam uns entgegen und sagte, als er uns ratlos dastehen sah: »Ich hab' noch einen Raum im ersten Stock. Dort findet ein Betriebsfest der Straßenbahner statt, aber das macht Ihnen doch nichts aus, oder?« Paolino, inzwischen außer Rand und Band, erwiderte: »Ein Betriebsfest in der Dreikönigsnacht? Das ist aber nicht der richtige Augenblick.« Der Wirt sah ihn einen Moment böse an, dann ging er uns voraus die Treppe in den ersten Stock hoch.

Es war ein niedriger Raum, in dem sich der ganze Rauch und Gestank nach Bratfett aus dem Erdgeschoß gesammelt hatte. Unter der Decke, die man mit der ausgestreckten Hand berühren konnte, stand ein großer hufeisenförmiger Tisch, an dem nur Männer saßen, lauter kräftige Kerle mittleren Alters, die Straßenbahner, die ihr geselliges Essen abhielten. Auf den ersten Blick kamen sie mir betrunken vor, auf dem Tisch standen zahllose Halbliterkaraffen und Korbflaschen. Der Wirt deckte für uns einen kleinen Tisch in der Ecke, und dann bestellten wir schwere römische Sachen, wie Rigatoni mit Pagliata, Ochsenschwanz, Lammbraten und Spanferkel. Das heißt, sie bestellten, denn mir war vor Nervosität richtiggehend übel, und so sagte ich: »Für mich eine Zichorie in Brühe.« Paolino schüttete sich aus vor Lachen und rief: »Eine Zichorie in Brühe in der Dreikönigsnacht? Aber Gigi, das ist jetzt nicht der richtige Augenblick.« Kurz und gut, sie fingen wieder an.

Es gibt nichts Schlimmeres als einen idiotischen Satz, der sich im Kopf festsetzt. Den Satz »Gigi, jetzt ist nicht der richtige Augenblick« bekam ich nun von allen dreien bei jeder Gelegenheit zu hören: von dem Amerikaner, der, gutmütig, wie Amerikaner eben sind, ihn gar nicht verstand, fast mit Herzlichkeit; von Paolino, der sich schieflachte, mit gezielter Boshaftigkeit; und von Iole mit verärgerter Gereiztheit, als wollte sie sagen: »Gibt es dich überhaupt, existierst du? Jetzt ist nicht der richtige Augenblick, Gigi.« Zu protestieren war sinnlos, denn sie benutzten den Satz auch als Antwort auf meine Einwände. Ich sagte beispielsweise: »Hört endlich auf damit, sonst bekommt ihr meine Faust zu spüren.« Und sie: »Deine Faust? Aber Gigi, dafür ist jetzt nicht der richtige Augenblick.« Oder ich begann ganz ruhig: »Wißt ihr, was ihr seid?«, und sie unterbrachen mich: »Sag es nicht, Gigi, jetzt ist nicht der richtige Augenblick.« Es war wirklich nervtötend; und ich sah langsam rot; doch es brachte nicht einmal etwas, nichts zu sagen, denn darauf stichelten sie: »Warum denn so traurig und schweigsam? Dafür ist jetzt nicht der richtige Augenblick, Gigi.«

Das Essen wurde gebracht, und sie aßen, ich rührte jedoch kaum etwas an, weil ich wie gesagt keinen Hunger hatte, obwohl sie spotteten: »Hast du keinen Hunger, Gigi? Das ist jetzt aber nicht der richtige Augenblick.« Unterdessen näherte sich das Betriebsfest nebenan seinem Ende. Einer der Straßenbahner, ein Schrank von einem Mann mit rotem Gesicht und schwarzem Schnurrbart, stand auf und erhob sein Glas. Sofort ertönte von allen Seiten der hufeisenförmigen Tafel: »Ruhe, Ruhe«; und auch wir verstummten und blickten zu ihnen hinüber. Dieser Riesenkerl hielt in der einen Hand das Glas und in der anderen ein Blatt Papier. Er sagte, wobei er sich verhedderte, da seine Zunge von dem vielen Wein, den er getrunken hatte, schwer war: »Und jetzt, verehrte und liebe Freunde, bitte ich um Ruhe, denn ich möchte euch ein bescheidenes, aber aufrichtiges Gedicht vorlesen, das ich anläßlich unseres heutigen Essens geschrieben habe.« Paolino, der ihm mit vor Lachen hochrotem Kopf zuhörte, sprang plötzlich auf: »Ein Gedicht? Aber das ist jetzt nicht der richtige Augenblick.«

Der Dichter, der das Blatt gerade dicht an seine Augen hielt, drehte sich wie von der Tarantel gestochen um und sagte: »He, meinst du etwa uns?« Das wäre in der Tat der richtige Augenblick gewesen, um jenen vermaledeiten Satz zu bemühen, zu schweigen und ruhig zu sein, denn die anderen waren betrunken und obendrein Dummköpfe und verstanden den Scherz ganz sicher nicht.

Leider war auch der Amerikaner mittlerweile betrunken. Und so kam er Paolino zu Hilfe, indem er wie ein Besessener brüllte: »Natürlich euch: Jetzt ist nicht der richtige Augenblick.«

Was dann geschah, können Sie sich leicht vorstellen: Der Dichter und vier der Kräftigsten und Betrunkensten kamen drohend zu uns herüber und schrien: »Wer seid ihr eigentlich? Was wollt ihr denn?« Dann sah ich, wie Paolino mitsamt seinem Stuhl zu Boden stürzte, weil der Dichter ihm einen Stoß gegen die Brust versetzt hatte; die anderen vier gingen auf den Amerikaner und auf mich, der ich gar nichts damit zu tun hatte, los. Währenddessen erhoben sich an der hufeisenförmigen Tafel wilde Schreie: »Mistkerle, was suchen diese Mistkerle hier überhaupt? Werft sie doch die Treppe hinunter«; und Iole schrie erschrocken: »Hilfe, sie bringen sich um, Hilfe.«

Von unten kamen die Kellner, der Wirt und ein paar Gäste herbeigelaufen, warfen sich dazwischen und versuchten, uns auseinanderzubringen. Die ganze Tafel der Straßenbahner war jetzt auf den Beinen und brüllte: »Mistkerle, Mistkerle«; der Dichter blutete aus der Nase; der Amerikaner war böse geworden und schlug wie wild um sich; ich wand mich zwischen zwei Straßenbahnern, die auf meinen Kopf einschlugen; und Paolino, dieser Trottel, kauerte unter dem Tisch und schrie pausenlos: »Jetzt ist nicht der richtige Augenblick.«

Kurz und gut, mit Stößen, Schreien und Schlägen wurden wir alle vier aus der Trattoria geworfen. Als wir, übel zugerichtet, wieder auf der Piazza Navona standen, inmitten des Höllenlärms, der dort herrschte, hängte sich Iole beim Amerikaner ein, der schnurstracks zur Piazza Zanardelli ging. Dort wartete ein langer flacher Schlitten, halb grün, halb gelb, auf sie; und sie wollten gerade einsteigen. Da packte ich mit dem Mut der Verzweiflung Ioles Arm und sagte zu ihr: »Hör mal, das reicht jetzt. Du hörst mir jetzt endlich zu, ob du willst oder nicht.« Diesmal wollte sie vernünftig sein: »Aber Gigi, du siehst doch, daß es jetzt nicht geht, jetzt ist ...«, sie zögerte und beendete dann den Satz mit einer trotzigen Grimasse, fast widerwillig: »Jetzt ist nicht der richtige Augenblick.« Der Amerikaner war bereits eingestiegen und ließ den Motor an. Sie stieg ebenfalls ein; der Amerikaner drehte sich um und sagte ein letztes Mal scherzhaft, mit erhobenem Zeigefinger: »Gigi, jetzt ist nicht der richtige Augenblick.« Dann brauste der Wagen wie eine Rakete los und ließ uns beide, Paolino und mich, allein auf dem menschenleeren Platz zurück.

Wütend drehte ich mich zu Paolino um; und wortlos packte ich ihn am Kragen seiner Jacke. Er wiederholte: »Jetzt ist nicht der richtige Augenblick, Gigi, jetzt ist nicht der richtige Augenblick«, und versuchte sich zu befreien. Einige Passanten und zwei Polizisten, die unser Handgemenge bemerkt hatten und herbeigelaufen waren, brachten uns nur mit Mühe auseinander. Aber wissen Sie, was einer der beiden Polizisten sagte? »Meint ihr, daß dies der richtige Augenblick ist, sich zu prügeln? In der Dreikönigsnacht? Ihr solltet euch schämen. Und jetzt macht, daß ihr weiterkommt.« So verspottete mich also nichtsahnend sogar noch der Polizist. Doch wann ist denn nun eigentlich der richtige Augenblick?

## *Die Leidenschaft des Lesens*

Wenn man jung ist, ist das Leben von Leidenschaften geprägt. In einem Jahr begeistert man sich vielleicht für Steineschleudern, im nächsten fürs Radfahren, im übernächsten für Briefmarken. Manche Leidenschaften, die wichtigsten, können einen aber auch das ganze Leben begleiten, so wie die Liebe zum Fußball zum Beispiel. In jenem Frühjahr nun war in mir die Leidenschaft des Lesens erwacht. Die Tage waren warm, und früh am Morgen schon setzte ich mich auf einen Stuhl neben den Kiosk, den meine Mutter betrieb, nahm ein Buch oder auch eine Zeitschrift zur Hand und begann zu lesen.

Am liebsten las ich Krimis oder Reportagen in Illustrierten, in denen Verbrechen geschildert wurden. Meine Freunde erkannten mich nicht wieder: Ich las den ganzen Tag und hatte keine Zeit mehr für sie. Meine Mutter hingegen sagte, sie erkenne mich gar zu gut wieder. Sie war nämlich der Meinung, ich fände immer irgendeinen Vorwand, um die Hände in den Schoß legen zu können.

Eingeschlossen in ihrem Kiosk saß sie den ganzen Tag da, schob jedoch ab und zu die Wand aus Zeitschriften zur Seite und rief mir zornig zu: »Immer lesen, lesen, lesen! Muß das sein? Tu doch mal was Sinnvolles! Lern endlich einen richtigen Beruf!« Sie hätte es gern gesehen, wenn ich Klempner geworden wäre oder Schreiner oder etwas Ähnliches. Ich aber tat nichts anderes, als den lieben langen Tag zu lesen, und war nur gnädigerweise dazu bereit, einigen Kunden in unserem Viertel die Zeitung zu bringen. Der Kiosk stand an einer Ecke der Viale Parioli, und bis zur Piazza Ungheria gab es keinen weiteren mehr.

Ich kann gar nicht sagen, wie sehr mir diese Geschichten von Mord und Totschlag gefielen. Besonders wenn sie so rätselhaft und verwickelt waren, daß man bis zum Ende nicht wußte, wer nun der Täter war. Es waren alles Verbrechen, die in Amerika verübt wurden, und ich fragte mich häufig, warum zum Beispiel hier in Rom nicht mehr geschah. Ich überlegte hin und her und kam irgendwann zu dem Schluß, daß es zwar auch bei uns mehr als genug Verbrecher gab, die Verbrechen selbst aber ganz anders waren: Hier bei uns wurde nicht im Verborgenen getötet, sondern in aller Öffentlichkeit, oft genug sogar im Beisein der ganzen Hausgemeinschaft. Und dann töteten wir hier auch aus ganz simplen Motiven, so wie arme Leute eben: die Ehefrau aus Eifersucht, den Passanten, weil man ihn bestehlen will, den Kumpel in der Osteria, weil er anderer Meinung ist bezüglich des letzten Fußballspiels. Alles improvisierte, mehr schlecht als recht ausgeführte Verbrechen. Kein Wunder also, daß die Carabinieri meist gleich nach der Tat schon den Täter verhaften konnten. In Amerika hingegen waren die Verbrecher, wenigstens den Illustrierten und Krimis nach zu urteilen, alle hochintelligent. Und ihre Verbrechen waren perfekt, geradezu »wissenschaftlich«, wie ich in einer Zeitschrift las, also von langer Hand vorbereitet und so genau wie ein Uhrwerk, bei dem ein Rädchen ins andere greift. Kurzum, auch auf diesem Gebiet waren uns die Amerikaner überlegen; daran war nicht zu rütteln.

An einem solchen Morgen, während ich auf meinem Stuhl in der Sonne saß und las, hielt vor dem Kiosk der Wagen eines Südamerikaners, der nicht weit entfernt in der Via Caroncini wohnte. Ich kannte diesen Herrn, weil ich ihm jeden Morgen einen ganzen Stapel Zeitungen brachte. Er war ein Mann mittleren Alters, hatte pechschwarzes Haar und ein gelbes, pockennarbiges Gesicht. Immer im blauen Anzug, auch am Morgen, ruhig, einsilbig, beherrscht, schien er mir ein geheimnisvoller und auch ein wenig unheimlicher Mensch zu sein. Vielleicht weil er mich an eine Figur aus dem Krimi erinnerte, den ich zuletzt gelesen hatte, und zwar an einen Kubaner, der, um an eine Erbschaft zu gelangen, nacheinander sechs Menschen mit Gift getötet hatte. Dieser Herr wohnte mit seiner Gattin, aber ohne Hauspersonal, in einer Luxuswohnung unter dem Dach.

Wie gesagt, kannte ich ihn und war darum auch nicht überrascht, als er mich von seinem Wagen aus zu sich winkte. Ich legte das Buch zur Seite und trat zu ihm.

Ohne lange Vorrede fragte er mich: »Willst du dir ein bißchen was verdienen?«

Zurückhaltend antwortete ich. »Kommt auf die Arbeit an ...«

»Es ist keine Arbeit«, sagte er, »es geht um Folgendes: Meine Frau und ich müssen eine Woche verreisen, und ich brauche jemanden, der in dieser Zeit unsere Wohnung bewacht. Da ich weiß, daß du ein tüchtiger Kerl bist, dachte ich, du könntest das übernehmen ... Nachts müßtest du dort schlafen und tagsüber immer mal wieder vorbeischauen ... Ich gebe dir tausend Lire am Tag, davon fünftausend Lire Vorschuß ... Einverstanden?«

Das war genau das richtige Angebot für mich: Geld verdienen ohne große Anstrengung, und vor allem ohne aufs Krimilesen verzichten zu müssen. Und so überlegte ich nicht zweimal und antwortete: »Okay«, was bei den Amerikanern so viel wie »einverstanden« bedeutet.

»Gut, abgemacht«, sagte er, »hier sind die Schlüssel zur Wohnung und zur Haustür unten, und hier sind die fünftausend Lire. Die Hausmeisterin weiß Bescheid ... Komm heute Abend nach zehn vorbei.« Er erteilte mir noch einige weitere Aufträge, unter anderem, jeden Morgen die Pflanzen auf der Terrasse zu gießen, erklärte mir, daß ich auf einer Couch im Wohnzimmer schlafen sollte, und ließ schließlich, fast ohne sich zu verabschieden, den Motor an und fuhr davon.

Einen Moment lang stand ich wie blöde mit den Schlüsseln und dem Fünftausend-Lire-Schein in der Hand da. Ich weiß auch nicht wieso, aber nun, da der Mann fort war, behagte mir die Vorstellung, seine Wohnung zu bewachen, lange nicht mehr so wie im ersten Moment. Da ich aber sein Geld bereits angenommen hatte, konnte ich jetzt keinen Rückzieher mehr machen. Ich erzählte meiner Mutter von der Sache, und sie lobte mich, weil ich angenommen hatte, fügte aber sogleich hinzu: »Paß aber gut auf, und faß ja nichts an in der Wohnung ... Dieser Herr hat bewiesen, daß er dir vertraut.« Am Abend gegen zehn packte sie wie gewöhnlich alle Zeitschriften zusammen und schloß den Kiosk ab. Ich verabschiedete mich von ihr und machte mich auf in die Via Caroncini, mit einem Krimi unter dem Arm, mit dem Titel »Die Mitternachtsbestie«. Ich war noch ziemlich am Anfang und hoffte, ihn in dieser Nacht zu Ende lesen zu können.

In der Via Caroncini angekommen, schloß ich die Haustür auf und fuhr mit dem Aufzug zum obersten Stockwerk hinauf. Als ich in der Diele der Wohnung stand, suchte ich den Lichtschalter und drehte ihn dann fast hastig um, wie jemand, der Angst hat, im Dunkeln plötzlich angesprungen zu werden. Die Diele war aber eine ganz normale Diele, mit einer Truhe und einem Schirmständer neben der Tür. Ich betrat das Wohnzimmer, schaltete das Licht an und sah, daß auch hier alles normal war. Nun bekam ich Lust, mir die ganze Wohnung anzusehen, und obwohl ich in jedem Raum zuerst eine Gänsehaut bekam, begutachtete ich das Bad, die Küche, das Arbeitszimmer und eine Kammer ohne Fenster, in der der Südamerikaner eine Reihe von Kisten, Koffern und ähnlichen Dingen aufbewahrte. Als ich mir schließlich auch noch das Schlafzimmer ansehen wollte, stellte ich fest, daß die Tür abgeschlossen war. Sofort wurde ich mißtrauisch, überlegte mir dann aber, daß es schon so seine Richtigkeit hatte, da es sich doch um einen sehr privaten Raum handelte. Und ich beruhigte mich wieder. Schließlich kehrte ich ins Wohnzimmer zurück und machte es mir in einem Sessel vor dem Kamin bequem. Neben dem Sessel stand das Radio und eine kleine Bar auf Rollen, die mit einigen Flaschen mit gutem Likör ausgestattet war; ein Zeichen, daß mir der Mann vertraute. Ich schlug mein Buch auf, schaltete das Radio an und begann zu lesen.

Aber ich war unruhig, und als ich aufschaute, fiel mein Blick auf das Telefon und ich dachte daran, jemanden anzurufen. Da wurde mir klar, daß ich mich in meiner Haut nicht ganz sicher fühlte und daß ich das Bedürfnis hatte, von jemandem beruhigt zu werden. Ich überlegte, wen ich anrufen könnte, und dabei stellte ich fest, daß ich niemanden mit Telefon kannte. So beschloß ich, in der Bar in der Via Parioli anzurufen, wo ich mit dem Mann hinter der Theke befreundet war. Ich wählte die Nummer, und er ging sofort an den Apparat. Mit wenigen Worten erklärte ich ihm die

Situation und bat ihn dann: »Augusto, hast du nicht Lust herzukommen, wenn du die Bar zumachst, und mir Gesellschaft zu leisten?« »Unmöglich ...«, antwortete er sogleich, »... vielleicht morgen«, worauf ich unwillkürlich, ich weiß auch nicht so genau warum, erwiderte: »Morgen ist es zu spät.« Dann legte ich auf und nahm wieder mein Buch zur Hand.

Obwohl ich mich, wie gesagt, irgendwie unsicher fühlte, fand ich den Krimi so spannend, daß ich meine Ängste bald ganz vergaß. Und als ich nach einer halben Stunde den Blick hob und mir dieses so gemütliche und schön beleuchtete Wohnzimmer ansah, mit dem Radio, das leise Unterhaltungsmusik spielte, und den vielen schönen, in der Bar aufgereihten Likörflaschen, die mir fast das Gefühl gaben, getrunken zu haben, überkam mich ein Gefühl des Wohlbefindens und ich dachte bei mir: »Es ist doch schön, ein reicher Herr zu sein.« Ich las weiter, und je weiter ich las, desto spannender wurde das Buch, so daß ich mich mit einem Male nicht mehr beherrschen konnte und auf den letzten Seiten nachschaute, wer der Täter war. Das war keine gute Idee, denn solche Krimis muß man Seite für Seite lesen, ohne etwas zu überspringen. Wie so oft war der Täter ein gutmütiger Kerl, den niemand in Verdacht hatte, aber ich wußte es ja nun, und bald merkte ich, daß mich das Buch nicht mehr interessierte. Das Radio spielte immer noch leise Schlagermusik. Ich warf das Buch zu Boden und stand auf. Da kam mir der Gedanke, auf die Terrasse zu gehen, um ein wenig frische Luft zu schnappen. Ich öffnete die Glastür und trat ins Freie. Es war eine Vollmondnacht mit einem klaren, wolkenlosen, Himmel und auf der Terrasse war es fast taghell. Vom Wohnzimmer führten zwei Glastüren auf die Terrasse. Dann war da noch das Badezimmerfenster, und, wenn man um die Terrasse herumging, auf der anderen Seite das Schlafzimmerfenster und das Fenster des Arbeitszimmers. Ich trat ans Geländer und blickte mich um. Das Haus war hoch, und ich sah nichts als Terrassen, weiß, leer, sauber, erhellt von diesem außergewöhnlichen Mondlicht. Auf den Terrassen war kein Mensch zu sehen, und erneut fühlte ich mich allein.

Nachdem ich eine Weile den Blick über das Viertel unter mir hatte schweifen lassen, spazierte ich auf der Terrasse um die ganze Dachwohnung herum. Wie gesagt, war der Himmel sternenklar, doch genau in dem Moment, da ich, von einer unbestimmten Neugier getrieben, ans Schlafzimmerfenster trat, schob sich eine kleine Wolke, groß wie ein Taschentuch, vor den Mond und verdeckte ihn im ganzen Umfang, und obwohl ich mit dem Gesicht ganz nah an die Scheibe heranging, konnte ich absolut nichts erkennen. Diese Wolke jedoch blieb nicht stehen. Sie wanderte, und nach einigen Augenblicken kam der Mond wieder hervor, strahlender noch als zuvor. Im selben Moment sah ich hinter der Scheibe, an der ich meine Nase platt drückte, ein Gesicht, das mich beobachtete.

Vor Schreck machte ich einen Satz zurück, nicht zuletzt, weil ich das Gesicht zu kennen glaubte: Es war das der Gattin meines Auftraggebers, einer kleinen, rundlichen Brünette mit feinen, pikanten Gesichtszügen und dunklen Augen. So war ich also ein Stück vom Fenster zurückgewichen, doch nach einem Moment faßte ich mir wieder ein Herz, brachte meine Augen dicht vor die Scheibe und blickte hinein. Sie war immer noch da, und ich sah, daß sie quer in einem Sessel lag, Gesicht und Oberkörper mir zugewandt, während ein Arm hinabbaumelte. Vom Arm wanderte mein Blick wieder hoch zu ihrem Gesicht, und ich bemerkte, daß die Augen weniger beobachteten als einfach nur aufgerissen waren. Schon während ich fest gegen die Scheibe klopfte, dachte ich: »Die ist tot.« Und in der Tat rührte sie sich nicht, sondern starrte mich nur weiter an.

Diesmal entfernte ich mich wirklich und rannte ins Wohnzimmer zurück. Das Radio trällerte immer noch, und ich schaltete es aus, weil mir die Musik mit der Leiche nebenan ziemlich unpassend vorkam. Ich hatte Angst, und diese Angst war so groß, daß ich das Gefühl hatte, betrunken zu sein; wie Wein stieg mir die Angst zu Kopf. Ich tat noch ein paar sinnlose Dinge, wie zum Beispiel die Türen der Bar zu schließen oder das Kissen auf dem Sessel zurechtzurücken, bis dann, mit einem Mal, die Wahrheit in meinem Schädel wie eine Bombe explodierte und mir plötzlich alles sonnenklar war: Der mysteriöse Südamerikaner hatte seine Frau umgebracht und mich in seine Wohnung gelockt, damit der Verdacht auf mich fiele. Es war alles genau geplant, und wenn ich meine Haut retten wollte, mußte ich sehen, daß ich dort wegkam.

Ohne lange nachzudenken, lief ich in die Diele und dann die Treppe hinunter. Zum Glück war es schon spät, und auf den fünf Etagen begegnete mir niemand. Doch genau in dem Moment, da ich die Haustür öffnen wollte, um auf die Straße zu laufen, fiel mir ein, daß ich meinen Krimi auf dem Sessel vergessen hatte. Ein Buch ist wie das andere, aber in dieses hier hatte ich am Morgen eine Quittung vom Zeitschriftenvertrieb in die ersten Seiten gelegt, und auf dieser Quittung standen mein Name und meine Anschrift.

Ich bekam eine furchtbare Wut, aber es ließ sich nicht ändern: Ich mußte noch einmal zurück. Dieses Mal nahm ich den Fahrstuhl, und oben angekommen ließ ich die Tür auf, um sofort wieder hinunterfahren zu können. Doch als ich dann im Wohnzimmer stand, erwachte aus irgendeinem Grund der Wunsch in mir, mir die Tote noch einmal anzusehen. Ich überlegte mir, daß bis zum nächsten Morgen bestimmt niemand kommen würde, und verstand nun auch allmählich, daß ich eigentlich gar keine Lust hatte, die Tote noch einmal zu sehen, sondern einfach nur die Angst noch mal verspüren wollte, die mich kurz zuvor bei der scheußlichen Entdeckung überkommen hatte. Es war dieses Gefühl, das mich erregte, ähnlich wie wenn man im Schwimmbad vom Zehnmeterbrett springt und jedesmal, wenn man sich fallen läßt, von neuem in diese Angst vor der Leere eintaucht.

So trat ich also erneut auf die Terrasse und ging auf die andere Seite zum Schlafzimmerfenster, um noch einmal einen Blick ins Zimmer zu werfen. Ja, sie lag noch da, das Gesicht mir zugewandt, die Augen aufgerissen. Doch während ich sie anblickte, gab plötzlich das Fenster nach, an dem ich mir die Nase platt drückte und das offensichtlich nur angelehnt war, und ging auf. Ich stolperte und fiel mit dem Oberkörper auf die Fensterbank, während gleichzeitig der nach innen gedrückte Fensterflügel der Toten ins Gesicht schlug. Als ich mich wieder aufgerappelt hatte, sah ich, daß sie sich durch den Stoß auf die Seite gedreht und mir nun den Rücken zugewandt hatte.

Es war der Arm, der mich die Wahrheit erahnen ließ. Denn er hing nun nicht mehr herunter, sondern zeigte, eigenartig angewinkelt, plötzlich nach oben. Fast ohne nachzudenken, streckte ich eine Hand zur Hand der Toten aus; kalt und weich hätte sie sein müssen, doch sie war hart und glatt. Jetzt endlich war mir alles klar; das war keine Leiche, sondern eine Puppe. Und zwar eine Puppe in Lebensgröße, die man mit neuen Kleidern am Leib in den Schaufenstern der Geschäfte sieht.

Ich muß schon zugeben, daß ich ziemlich enttäuscht war. Nachdem ich nun solch eine Angst ausgestanden, aber den Mut gefunden hatte, sie zu überwinden und noch einmal zurück in die Wohnung zu gehen, kam ich mir plötzlich um den Lohn meiner Tapferkeit betrogen vor: den Lohn, mit einer echten Leiche zu tun zu haben und in einen Kriminalfall verwickelt zu sein. In Wirklichkeit aber war mir bloß ein billiger Krimi zu Kopf gestiegen, ein Hirngespinst, so wie wenn man im Dunkeln ein Gespenst zu sehen glaubt und plötzlich erkennt, daß es sich bloß um ein zum Trocknen ausgelegtes Bettuch handelt. Sieben Tage später kam der Südamerikaner wie vereinbart zurück, und ich übergab ihm seine Wohnung, aber ohne mein Erlebnis zu erwähnen, sondern fragte ihn nur, wieso er solch eine Schaufensterpuppe im Haus habe. Er erklärte ganz nüchtern, die Puppe sei eine Schrulle seiner Frau, die daran ihre Garderobe anprobiere. Und die Puppe habe sogar einen Namen: Matilde. Mir aber war ein für alle Mal die Lust am Lesen vergangen, durch Matilde und ihre starren Mordopferaugen.

## *Nachwort*

Alberto Moravia, einer der berühmtesten italienischen Schriftsteller seiner Zeit, immer wieder zum Nobelpreis vorgeschlagen, hat hunderte von Erzählungen geschrieben und sie sind, bis heute, exemplarisch für sein Werk: kurz, mit fast kühlem Blick von außen und zugleich von großer Kenntnis der Grammatik der Gefühle, wohlkonstruiert und mit wenig Nebenfiguen oder Ortskulissen.

Sie konzentrieren sich ganz auf die handelnden Personen, die sie dem Leser entweder geradezu demonstrativ vorführen (»Können Sie sich das vorstellen?«, »Genügt Ihnen das?«) oder in die sich der Autor so sehr hineinversetzt, daß sie dem Leser fast als sonderbare Figurinen erscheinen, mehr mit sich selbst beschäftigt als mit irgend etwas anderem.

Moravia ist ein Autor, der den Menschen zuschaut, ihren Spielen und ihren Leidenschaften, sozusagen vom schriftstellerischen Krankenlager aus (als Heranwachsender war Moravia ja auch in der Tat viele Jahre ans Bett gefesselt), und der sie dennoch mit großer Intensität nacherlebt. Der, beispielsweise, immer wieder, geradezu beiläufig, von einem männlichen erzählerischen Ich in ein weibliches erzählerisches Ich wechselt, mit hohem Risiko also, freilich mit großem Gewinn: bei Moravia erfährt man viel über Frauen (und die ihnen ewig anhangenden Männer) und sie treten, ach, die Frauen, keineswegs als Objekte auf, sondern als treibende Figuren, um nicht zu sagen als Treibstoff. Und auch nicht nur als eine Hälfte der Welt, sondern ebenso ambivalent wie die andere Hälfte der Welt.

Denn das ist eine zentrale Perspektive Moravias: die Menschen sind geteilt, widersprüchlich, haben zwei Gesichter, zwei Ichs. Und man kommt ihnen am besten bei, indem man die beiden Ebenen, die der Realien und die der Literatur, gegeneinander ausspielt. Das Gelände, das man dazu braucht, muß nicht groß sein: Moravia nimmt dafür Rom und Umgebung, obwohl er ein weitgereister, immer wieder (und mit Lust und Neugier) reisender Mann war. Als Römer genügte ihm das Vertraute, ein allerdings altes, traditions-, anekdoten- und sprichwortreiches.

Auch die Form der Erzählungen lag dort sozusagen seit Jahrhunderten auf der Straße, die novella. Die Neuigkeiten aus der Umgebung, von Masuccio, Boccaccio, Sacchetti oder Grazzini zu einer Kunstform entwickelt, die sich über die ganze literarische Welt verbreitete und in den vierziger, fünfziger Jahren des zwanzigsten Jahrhunderts als US-Spezialität auftauchte, als short story, das heißt nochmals verknappt, wenn auch manchmal (etwa bei Hemingway) ein wenig männerbündlerisch-großmäulig. Das war Moravias Sache nicht, obwohl seine Erzählungen der short story sicher manches zu verdanken haben. Er war ein zurückhaltender, skeptischer Beobachter, auch aufgrund seiner Lebenserfahrung.

1907 in Rom geboren, (drei Geschwister, der Vater Maler und Architekt, aus Venedig stammend, die Mutter kam aus den Marken), hatte Moravia eine sogenannte behütete Kindheit, die mit neun Jahren durch eine schwerwiegende Krankheit (Knochentuberkulose) beendet wurde. Bis zum siebzehnten Lebensjahr lebte er in Sanatorien, konnte sich kaum bewegen, las viel, wurde und blieb Autodidakt. Sein erstes Buch, »Die Gleichgültigen«, ließ er auf eigene Kosten drucken, es wurde (1929) ein großer Erfolg. Das zweite Buch wurde von der faschistischen Zensur bereits unterdrückt. 1936 lernt er die Schriftstellerin Elsa Morante kennen, die er 1941 heiratet – zu dieser Zeit hat er bereits Schreibverbot und gilt als »sovversivo«.

Er taucht unter und beginnt erst mit der Befreiung eine umfangreiche schriftstellerische Tätigkeit, auch als Mitarbeiter des »Corriere della sera«. 1952 erhält er den angesehensten italienischen Literaturpreis, den Premio Strega, für seine Erzählungen – im gleichen Jahr setzt ihn der Vatikan auf den Index verbotener Bücher, seine Erzählungen galten als zu ›freizügig‹. Moravia gründet eine Zeitschrift, »nuovi argomenti«, seine Mitherausgeber sind Pier Paolo Pasolini, Attilio Bertolucci, Enzo Siciliano und Leonardo Sciascia. In den

den sechziger Jahren lebt er mit Dacia Maraini zusammen, zahlreiche seiner Bücher werden verfilmt (von Mario Soldati, Jean-Luc Godard, Bernardo Bertolucci, Vittorio de Sica und vielen anderen).

Um dem Muff und dem Triumphalismus des faschistischen Staats zu entfliehen, machte Moravia schon in den dreißiger Jahren zahlreiche Reisen, nach England, Frankreich und in die USA, nach Mexiko, Griechenland, China. Nach der Befreiung setzte er diese Reisen fort, oft gemeinsam mit Pier Paolo Pasolini: nach Indien und Afrika, in die Sowjetunion, nach Japan, Korea, in den Yemen - es gibt wenige Länder, die Moravia nicht besucht hat und es war fast immer ein politisches, nicht geografisches Interesse, das ihn reisen ließ, so, wie er sich stets auch, und noch in hohem Alter, zu politischen Fragen äußerte und am politischen Leben teilnahm, beispielsweise von 1984–1989 als Abgeordneter im Europaparlament (als Unabhängiger auf den Listen des PCI). Lebens- und Arbeitsmittelpunkt blieb allerdings stets seine Heimatstadt Rom, in der er 1990 starb.

Diese Auswahl (gedankt sei Doreen Engel für ihre Mithilfe) sammelt Erzählungen aus allen Schaffenszeiten und -stimmungen, im Mittelpunkt stehen fast stets Frauen, von denen Moravia so viel wußte und zu erzählen wußte.

*Klaus Wagenbach*

## *Quellen*

Aus DAS PARADIES (Reinbek, Rowohlt Taschenbuch Verlag, 1984; italienisch zuerst 1970 in »Il Paradiso«, Bompiani, Milano): *Der Schrank, Zu arm* und *Die Unsichtbare*, übersetzt von E.-A. Nicklas.

Aus DIE FRAU IM SCHWARZEN CAPE (München, List, 1986; italienisch zuerst 1983 in »La Cosa«, Bompiani, Milano): *Der Spaziergang des Spanners*, übersetzt von Antonio Avella.

Aus JUDITH IN MADRID (München, List, 1984; italienisch zuerst 1976 in »Boh«, Bompiani, Milano): *Das kreisrunde Monstrum* und *Eine ägyptische Königin*, übersetzt von Ursula Knöller-Seyffahrt.

Aus DER NEUGIERIGE DIEB (München, Goldmann Verlag, 2001; italienisch zuerst 2000 in »Racconti dispersi 1928–1951«, Bompiani, Milano): *Tod am Meer, Ein Morgen voller Pech* und *Die Leidenschaft des Lesens,* übersetzt von Bruno Genzler.

Aus DIE MÄDCHEN VOM TIBER (München, Kurt Desch Verlag, 1954; 1962 unter dem Titel »RÖMISCHE ERZÄHLUNGEN«; italienisch zuerst 1954 in »Raconti romani«, Bompiani, Milano): *Unbegreiflich, Alter Trottel* und *Der Hanswurst* übersetzt von Percy Eckstein und Wenda Lipsius.

Aus NEUE RÖMISCHE ERZÄHLUNGEN (München, Paul List Verlag, 1991; italienisch zuerst 1959 in »Nuovi racconti romani«, Bompiani, Milano): *Der Tisch aus Birnbaum, Ach, die Frauen, Das leichte Lebens* und *Jetzt ist nicht der richtige Augenblick*, übersetzt von Michael von Killisch-Horn.

Aus EIN DING IST EIN DING (München, Kurt Desch Verlag, 1969; italienisch zuerst 1967 in »Una cosa è una cosa«, Bompiani, Milano): *Versöhnung*, übersetzt von Katarina Helmling.

ALBERTO MORAVIA wurde 1907 in Rom geboren und begann früh zu schreiben. Während der Zeit des Faschismus erhielt er Schreibverbot und mußte als »sovversivo« untertauchen.
Nach dem Krieg war Moravia politisch und literarisch eine der einflußreichsten Persönlichkeiten Italiens. Er starb 1990 in seiner Heimatstadt Rom. Als WAT erschienen seine beiden Romane *Agostino* und *Ehe Liebe*.

ITALIENS FRAUEN

*24 Geschichten, gesammelt von Susanne Schüssler und Hans-Gerd Koch*

›La mamma‹ und das wohlproportionierte Rasseweib, die schrullige Alte und die abenteuerlustige Hausfrau, die schüchterne Schönheit und den flotten Feger auf der Vespa:
Sie alle gibt es auch anderswo – allerdings wohl nicht in so typischer Ausprägung wie in Italien.

*SVLTO.* Rotes Leinen. 144 Seiten

Sergio Pitol

EHELEBEN

Das Eheleben von Jacqueline und Nicolás ist ein Feuerwerk an mißlungenen Morden. Eine Geschichte über Geld, Liebhaber, Älterwerden und andere Überlebensfragen. Der erste Roman des bedeutenden mexikanischen Autors auf deutsch.

*Mit einem Nachwort von Antonio Tabucchi*

*Aus dem mexikanischen Spanisch von Petra Strien*

*SVLTO.* Rotes Leinen. 144 Seiten

Alan Bennett

COSÌ FAN TUTTE

*Eine Geschichte*

Mit allen Finessen des virtuosen Bühnenschriftstellers erzählt Bennett die Geschichte eines englischen Middleclass-Ehepaars, das vom Opernbesuch nach Hause kommt und seine Wohnung vollkommen leer vorfindet. Es stellt sich heraus, daß mit dem Verlust der gediegenen Einrichtung ein neues, weniger weich gepolstertes Leben beginnt.

*Aus dem Englischen von Brigitte Heinrich*

*SVLTO.* Rotes Leinen. 96 Seiten

Wenn Sie mehr über den Verlag und seine Bücher wissen möchten, schreiben Sie uns eine Postkarte (mit Anschrift und ggf. e-mail). Wir verschicken immer im Herbst die *Zwiebel*, unseren Westentaschenalmanach mit Gesamtverzeichnis, Lesetexten aus den neuen Büchern und Photos. *Kostenlos!*

Verlag Klaus Wagenbach   Emser Straße 40/41   10719 Berlin
www.wagenbach.de

*Ach, die Frauen* erschien 2003 als 115. *SVLTO*

2. Auflage im März 2005



Für die freundliche Genehmigung danken wir:


Umschlaggestaltung: Birgit Thiel unter Verwendung
einer Photographie von Sir Edward Rayne, Rayne Archives
Gesetzt aus der Garamond Amsterdam von Greiner & Reichel, Köln
Bucheinbandstoffe von Herzog, Beimerstetten
Druck und Bindung von Clausen & Bosse, Leck
Printed in Germany. 

ISBN 3 8031 1214 1

9 783803 112149